SALAM ALAIKUM, DUMPFLING!

السلام عليكم ملة لينغ

Eine satirische Erzählung von Günter Leitenbauer

Foto Titelseite: © **Günter Leitenbauer**

Für meine Jungs

Philipp & Clemens

Vorwort des Autors

Die Rückmeldungen zum ersten Buch waren durchwegs positiv. Auch wenn es bis zum Zeitpunkt, wo ich dies schreibe, nur wenige Menschen gelesen haben, weil es erst seit einigen Wochen verfügbar ist – denen, die es gelesen haben, gefällt es sehr gut. Sagen sie zumindest. Sagen sie mir zumindest, um präzise zu sein.

Manche sagten, man muss sich ganz schön konzentrieren, um nicht den Überblick über die vielen Charaktere zu verlieren, die darin vorkamen. Da ich meinen Lebenszweck nicht darin sehe, es euch leicht zu machen, nehme ich das einfach kommentarlos zur Kenntnis.

Und auch der Wunsch nach einer Fortsetzung wurde geäußert. Dem komme ich hiermit gerne nach.

Wie schon im ersten Teil sind auch hier wieder alle Figuren und Orte fiktiv, Ähnlichkeiten mit lebenden oder toten Personen daher zufällig und nicht beabsichtigt. Sage ich zumindest.

Mein besonderer Dank gilt Doris Rettenegger für das Lektorat und die vielen Tipps, die mir wirklich sehr geholfen haben, eine – wie ich hoffe – logisch und von der Handlung her glaubhafte Geschichte zu erzählen. Das ist gar nicht so einfach, wenn man alles erfinden muss!

Ob es einen dritten Teil gibt, kann ich zwar schon sagen, tue es aber nicht, weil sie noch nicht fertig geschrieben ist. Wenn nicht, dann ist es eben die allererste zweiteilige Trilogie der Literaturgeschichte, auch eine durchaus reizvolle Sache, oder?

In diesem Sinne:

Viel Spaß beim Lesen!

Günter Leitenbauer, Oktober 2015

Prolog

Irgendwo in der Osttürkei, in einem Auffanglager für syrische Flüchtlinge, beschlossen Abdul el Hakimi und seine Familie, die als Angehörige der syrischen Mittelschicht vor kurzem zwischen die Fronten des regierenden Präsidenten Assad und den radikalen Revolutionären des islamischen Staates, bei uns als IS bekannt, geraten waren, dass sie die Flucht nach Europa wagen müssten. Das wären einige tausend entbehrungsreiche Kilometer am Landweg, das war ihnen klar. Aber hier in ihrer Heimat würden sie über kurz oder lang verhungern, an Ruhr oder Typhus sterben oder vielleicht sogar wieder nach Syrien zurückgeschickt werden.

Abdul und seine Familie, das waren er, seine zwei Töchter und seine betagte Mutter, denn seine Frau war von den IS Kämpfern vergewaltigt und ermordet worden, hatten aus den Medien einiges erfahren, als sie nach tagelanger Flucht im Lager jenseits der türkisch-syrischen Grenze eingetroffen waren. Schweden, Österreich oder Deutschland schienen mit Flüchtlingen einigermaßen menschlich umzugehen, und Kriegsflüchtlinge hatten dort eine reelle Chance, dauerhaft aufgenommen zu werden. Abdul und seine Familie waren es gewohnt zu arbeiten, sie würden das auch in einem fremden Land schaffen und auch die dortige Sprache lernen, zumal sie alle außer seiner Mutter ganz gut Englisch sprachen. Irgendjemand hatte Abdul zudem ein Deutschlehrbuch organisiert, mit dem er schon fleißig lernte. Am wenigsten weit entfernt schien Österreich zu sein. Die meisten seiner Landsleute wollten zwar nach Deutschland, aber Abdul dachte sich, dass Österreich wohl die vernünftigere Alternative wäre.

Da sie weder die Mittel hatten, um alle vier diese Reise auf sich zu nehmen, noch seine Mutter eine solche Reise überstehen würde – er war sich nicht einmal sicher, ob seine beiden Töchter mit elf und vierzehn Jahren eine solche Tortur überleben würden – machte er sich allein auf den Weg. Wenn er Asyl bekommen sollte, was er hoffte, würde er die Familie ganz legal mit dem Zug oder Schiff nachkommen lassen dürfen, hatte ihm ein Bekannter erklärt.

Abdul schloss sich einer Gruppe von zweiundsechzig Männern an, von denen achtundvierzig den zum großen Teil zu Fuß und teilweise mit der Bahn zurückgelegten Weg durch die gesamte Türkei und dann über Bulgarien, Serbien und Ungarn überlebten. Der Rest war entweder ermordet worden oder an Krankheit und Entkräftung gestorben. Abdul beschloss, diesen Teil seines Lebens ganz schnell zu vergessen und Allah zu danken, dass er es bis Nickelsdorf geschafft hatte, bevor die Ungarn eine Woche darauf die Grenzen mit Stacheldraht dichtgemacht hatten.

Nach einer Woche im Lager Traiskirchen, wo er seine Deutschkenntnisse in einem Maß verbessert hatte, das fast schon unglaublich zu nennen war, hatte er für die Dauer seines Bleibens ein Quartier zugewiesen bekommen, das etwa 300 Kilometer weiter westlich gelegen war. Den Namen des Ortes konnte er nur schwer aussprechen, aber auch das würde er lernen.

1

In Dumpfling war schon wieder die Hölle los! Aber alles der Reihe nach.

Seit dem noch immer ungeklärten Todesfall des armen Leo Dörflinger waren einige Monate vergangen, und Dumpfling hatte zwei seiner Einwohner an Wels verloren. Das ist nur logisch, weil ein Insasse einer Strafvollzugsanstalt natürlich dem Ort als Bewohner zugerechnet wird, in dem er einsitzt. Somit waren der ehemalige Bürgermeister Steinbrecher und der Bauer Birnbaumer jetzt zumindest für ein paar Monate, im Falle des Exbürgermeisters sogar für zwei Jahre, unbedingte Welser Bürger. Allerdings ohne Wahlrecht, weil man das bei einer Verurteilung zu einer Haftstrafe von mindestens einem Jahr ja verliert und erst sechs Monate nach der Entlassung wieder bekommt, aber gewählt wurde in den nächsten Jahren sowieso nicht. Das hatte man gerade hinter sich.

Die Reduktion der Einwohnerzahl um drei, man darf den Tod des armen Leo Dörflinger nicht vergessen, machten aber Melanie und Martin mit den Zwillingen, die bald das kaltweiße Kreißsaallicht erblicken würden, fast wieder wett. Melanie ging ja noch zur Schule und Martin studierte seit dem Herbst in Linz, aber wohnen taten sie als mittlerweile standesamtlich glücklich verheiratetes Paar in Dumpfling. Eine kirchliche Hochzeit mit großer Feier schien ihnen angesichts des Todes von Leo unpassend, das würden sie in einem Jahr nachholen.

Die Gemeinde hatte sich großzügig gezeigt und ihnen durch einstimmigen Beschluss im Gemeinderat als Hochzeitsgeschenk eine zwei Jahre lang zinsfrei zu beziehende Gemeindewohnung zur Verfügung gestellt, die bis vor kurzem noch das schon lange leer stehende Postamt gewesen war. Postamt würde es in dieser Gemeinde wohl kaum noch jemals eines geben, nicht einmal Ganshofen hatte noch eines, nur einen „Postpartner". Die Wohnung wurde also renoviert, die beiden spinnefeinden Tischler Nagler und Nagel, der jetzt ja aufgrund des ganz und gar freiwilligen Rücktrittes vom Steinbrecher Bürgermeister war, übernahmen die Einrichtung der Wohnung. Und für die restlichen Arbeiten fanden sich etliche Freiwillige. Man könnte also sagen: Das Gemeinschafts- und Gemeindeleben in Dumpfling funktionierte wieder vorbildlich wie eh und je. Sogar die lebende Dorfzeitung Mimi half beim Putzen, als die Wohnung fertig war, woran aber vielleicht auch die Neugier, wie luxuriös diese Wohnung wohl sei, eine Rolle gespielt haben könnte. Jedenfalls wusste danach ganz Dumpfling, wie es in der Wohnung aussah. Bis zum letzten Blumenstock und sogar, wo in der Bestecklade die Gabel und die Löffel lagen – und wie viele.

*

Der Steinbrecher hatte im Häfen, wie man die Strafvollzugsanstalt hier mehr oder weniger liebevoll nennt, kaum Grund zum Frohlocken und Hosiannasingen. Wie schon bekannt, war er durchaus ein Liebhaber guter, ländlicher, bodenständiger Kost mit Most und hatte mit der Großküche im Welser Urlaubsdomizil keine rechte Freude. Seine Frau nahm ihm beim wöchentlichen Besuch zwar gerne einen Renken Speck mit (und den Wärtern auch, wie sie in Unwissenheit der korrekten Bezeichnung die Justizwachebeamten immer noch nannte, was ihr angesichts des hervorragenden Bauernspecks aber wohlwollend verziehen wurde), aber ihr Sonntagsbratl und die Erdäpfelnudeln fehlten ihm furchtbar.

Dafür hatte er es arbeitstechnisch ganz gut erwischt. Er war ja handwerklich nicht unbegabt und obwohl er keine abgeschlossene Ausbildung als Tischler hatte, konnte er in der anstaltseigenen Tischlerei arbeiten, wo so manches Wohnzimmer für die dort angestellten Beamten nebenbei mitlief, ohne dass es in den Büchern aufschien. Glaubte zumindest der Steinbrecher, aber vielleicht lief das auch alles in Wahrheit ganz korrekt ab. Ihm war das wurscht. Er hatte andere Sorgen.

Irgendein Sadist hatte ihn gemeinsam mit einem Psychologen in die Zelle gesperrt. Der hatte angeblich den

Kollegen von diesem Schweinehund Sunny Sonnbauer, den Polizisten Lindmannsberger, mit einem Knüppel ordentlich verprügelt und saß jetzt seine zwei Jahre wegen vorsätzlicher, schwerer Körperverletzung ab. Wenn er wenigstens den Sunny hergenommen hätte, dann hätte er ihm dafür sogar noch was gezahlt.

Jedenfalls nervte der Kerl unvorstellbar. Dauernd hatte er seine Pappm offen, wie man in Oberösterreich das Mundwerk etwas abwertend nennt, und jammerte ihm die Ohren voll. Einmal hatte der Steinbrecher zum Wärter gesagt, dass er nur zu Gefängnis verurteilt sei, von mir aus auch zu schwerem Kerker, von einer Folter hätte er vor Gericht aber nichts gehört! Aber der Justizwachebeamte hatte nur gelacht und ihn gefragt, ob ihn dieses Wochenende seine Frau wieder besuchen würde, weil wegen der Diensteinteilung wär es (der Speck war wirklich gut, und wer keinen Dienst hatte, sah nie etwas davon) und war gegangen.

Der Steinbrecher hatte aber mit den zwei Jahren noch Glück gehabt, wie auch der Richter sagte: „Sie haben Gott sei Dank so viel gesoffen, dass ich Sie nur wegen gefährlicher Drohung mit einer tödlichen Waffe, Hausfriedensbruch und Sachbeschädigung einer Mülltonne und eines Autos sowie gefährlicher Allgemeingefährdung verurteilen kann. Aber wenn Sie sich im Gefängnis eines weiteren Gewaltdeliktes schuldig machen, dann sitzen Sie für mindestens fünf Jahre, das verspreche ich Ihnen!"

Also fiel die Variante aus, dem Psychofritzen das vorlaute Maul mit schlagkräftigen Argumenten zu stopfen, und er musste ihn wohl oder übel ertragen. Er wusste allerdings nicht, ob er sich beherrschen können würde, wenn dieser siebengescheite G'studierte noch einmal sein „Willst du darüber reden?" herauswürgen sollte.

Dem Birnbaumer ging es da nicht besser, im Gegenteil. Er teilte sich seine Zelle mit einem ehemaligen Preisboxer, der aber an und für sich eine sehr friedliebende Natur hatte. Zumindest solange er nüchtern und alles nach seinem Willen war, wozu auch der Birnbaumer zählte. Dass das dem Birnbaumer so gar nicht gefiel, dem Django, wie der Boxer sich nannte, zu Willen zu sein, ist aber eine andere Geschichte, die uns hier, wo es in erster Linie um die nun folgenden Ereignisse in Dumpfling geht, ganz und gar nicht interessiert.

Um es prägnant zu sagen, in typisch oberösterreichischer, deftiger Ausdrucksweise: Der Birnbaumer hatte im Häfen den Arsch ganz schön offen. Zu seinem Glück würde er bald wieder draußen sein und der Django nicht.

*

Derjenige, der es eigentlich am meisten verdient hätte, in den Knast zu gehen, war aber frei. Dass er Politiker war, rundete das Bild diesbezüglich höchstens ab, war dafür aber nicht kausal verantwortlich. Der Bürgermeister Franz Nagel, der dem Steinbrecher in diesem ehrenvollen Amte ja nachgefolgt war, hatte es nämlich auch sehr schwer in seinem Job. Man stelle sich vor, da bist du Bürgermeister einer Agrargemeinde, selbst nicht einmal ein Bauer und hast dazu noch gegen eine andersfärbige Mehrheit im Gemeinderat zu regieren. Nein, da kann man sich wahrlich etwas Besseres vorstellen! Das gar nicht so geringe Bürgermeistergehalt war da bestenfalls ein allmonatliches Trostpflaster für erlittene Qualen und blaue, rote und grüne Flecken im Gemeinderat.

Beim Gemeinderatsbeschluss für die Wohnung für seine Tochter und seinen Schwiegersohn hatte er sich natürlich entschuldigen lassen. Das wollte er dann doch nicht, dass man ihm da Einflussnahme nachsagen konnte. Außerdem hatte er das eh alles im Vorfeld geklärt gehabt.

*

Von all dem wusste Gerhard „Sunny" Sonnbauer nichts. Der ehemalige Ganshofener Dorfpolizist war mittlerweile aufgrund einer vorgeblichen, chronischen Schulterverletzung in Pension versetzt worden. Sein Oberst, der sich Hoffnungen machte, in nicht allzu ferner Zukunft in die Landespolitik zu wechseln, hatte ihm empfohlen, dieses Angebot anzunehmen. Die Alternative wäre ein langwieriges und für alle Seiten unangenehmes Gerichtsverfahren gewesen. Wiewohl allen, die etwas Einblick in die damalige Sache hatten, klar war, dass Sunny am kürzesten, bewaffneten Einbruch der Kriminalgeschichte, samt Eintrag ins Guinness Buch der Rekorde und samt spektakulärem Absturz des Steinbrecher-Einbrecher über den Balkon, vollkommen unschuldig war – er hatte sich mit einigen der höheren Herren in Linz angelegt, eigentlich ohne dass ihm das bewusst war, und die wollten ihn aus dem Polizeidienst entfernt wissen. Man ließ ihm also die Wahl, den Weg der Berufsunfähigkeitspension zu gehen oder aber ein Dienstaufsichtsverfahren plus ein Verfahren wegen einer angeblichen Notwehrüberschreitung vor Gericht durchzustehen, weil er angeblich den Steinbrecher über den Balkon geworfen hatte. Sunny zog daher die zwar geringe aber lebenslange Invalidenpension einem ungewissen Ausgang derartiger Verfahren vor und stimmte zähneknirschend zu. Als ein nunmehr geouteter Homosexueller hätte er es bei der Polizei fürderhin sowieso ziemlich schwer gehabt.

Und jetzt war ihm sterbenslangweilig gewesen, weshalb er beschlossen hatte, seinen offiziell vollkommen untadeligen Leumund zu nutzen und eine Privatdetektei zu eröffnen. Ein dezenter Hinweis bei seinem früheren Oberst, dass das eine oder andere, aufgrund unglücklicher Umstände leider öffentlich geworden, seiner angestrebten Politkarriere nicht nutzen würde, verschaffte ihm sehr schnell die nötigen Bewilligungen und ein großzügiges Entgegenkommen der Gemeinde Ganshofen bei der Anmietung eines Geschäftslokals für sein Detektivbüro zu sehr, sehr günstigen Konditionen.

Sein Neffe, der hackende Computerfreak, hatte ihm in kürzester Zeit zudem eine tolle Website gebastelt, und so saß unser Sunny, gerade so wie man es aus alten Humphrey Bogart Filmen kennt, mit den Füßen am Schreibtisch in seinem Ledersessel und wartete auf Klienten. Nur eine Sekretärin hatte er nicht. Das hätte er sich – zumindest derzeit, dachte er – noch nicht leisten können. An der Wand seines Büros hing ein altes Filmplakat von Ingrid Bergmann, daneben stand ein hölzerner Kleiderständer, und Sunny versuchte jedes Mal, wenn er sein Büro betrat, seinen Hut Marke Mike Hammer aus den drei Metern von der Tür werfend, darauf zur Ruhe zu bringen. Schön langsam gelang ihm das sogar manchmal schon, nach drei Wochen mit viel diesbezüglicher Übung aber ohne einen einzigen Klienten.

2

Jetzt wissen wir immer noch nicht, warum in Dumpfling an diesem schönen Herbsttag schon wieder die Hölle los war. Das kam so:

Anja Dörflinger, also die Witwe des so tragisch ums Leben gekommenen Leo, beschloss, auch wenn dies nicht der Grund war, die durch den Tod ihres Gatten entstandene Lücke in der Anzahl der Dumpflinger Gemeindebürger, durch die Aufnahme eines Mieters zu kompensieren. Dagegen wäre wohl auch kaum etwas einzuwenden gewesen, jedoch handelte es sich nicht um einen ganz gewöhnlichen Mieter, der vielleicht eine Sommerfrische oder einen Herbsturlaub in Dumpfling angestrebt hätte, sondern vielmehr um einen, der sich diese Wohnung nicht leisten konnte, weil er ohne Hab und Gut aus Syrien geflohen war. Anja Dörflinger hatte so viel vom Leid der Asylwerber gelesen, dass sie beschlossen hatte, in das einzige freie Zimmer plus kleiner Küche und Bad im ersten Stock ihres kleinen Bauernhofs, in dem zuvor Leos mittlerweile verstorbener Vater seine Auszugwohnung gehabt hatte, einen dieser armen Teufel einzuquartieren. Die Miete dafür zahlte der Staat, das waren inklusive Verköstigung fünfzehn Euro am Tag, wovon sie aber noch die Einkommensteuer würde abführen müssen. Glücklicherweise hatte aber der Nationalrat kürzlich beschlossen, diesen Betrag bald deutlich zu erhöhen.

Nun war im österreichischen Recht die Situation dergestalt, dass dagegen niemand etwas tun konnte. Ein Einspruchsrecht der Gemeinde bestand erst bei groß angelegten Flüchtlingsquartieren ab sechzig Personen, aber nicht bei Einquartierungen von einer oder wenigen Personen. Allerdings wäre das nicht Österreich, wenn man der Anja nicht doch Schwierigkeiten gemacht oder es wenigstens von verschiedenen Seiten versucht hätte.

Als ihr Vorhaben bekannt wurde, kamen sehr schnell alle möglichen Auflagen bezüglich sanitärer Anlagen, Kochmöglichkeit – obwohl sie ja für Verpflegung sorgte – und etliches mehr. Sie fragte nach, warum hier bei der Unterbringung eines Asylwerbenden so genau gefragt würde, wo doch beim Vermieten der Wohnung an einen Österreicher keinerlei diesbezügliche Auflagen überprüft würden. „Ja, da sieht man wieder einmal, dass die Asylanten besser gestellt werden als unsere braven, fleißigen Österreicher!", antwortete ihr ein blauer Gemeinderat in unwiderstehlicher Logik. Anja ließ trotzdem nicht locker, aber man versuche einmal, mit dem österreichischen Beamtenapparat auf logisch-rationaler Ebene zu diskutieren! Da könnte man genauso gut versuchen, aus einer Katze einen Veganer zu machen.

Anja erfüllte jedenfalls mit geringen Adaptierungen ihrer Wohnung und unter Zuhilfenahme der argumentativen Überzeugungskraft einiger Schachteln selbst gebackener

Kekse alle Auflagen und bekam dann vom Innenministerium ein entsprechendes Aviso, dass in der nächsten Woche ein Flüchtling zugewiesen werden würde. Sie freute sich auf ihren Gast, weil sie das Gefühl hatte, dass jeder nach seinen Möglichkeiten zur Hilfe moralisch verpflichtet wäre.

Und heute würde ihr Gast eintreffen!

Genau *das* war der Grund, warum in Dumpfling ziemlich was los war. Auf einmal wurden Türen verschlossen, Gartenzäune repariert, Alarmanlagen installiert, Hunde eingesperrt, durften Kinder nicht mehr ohne Aufsicht spielen gehen, und die Hofmüller Gerti räumte sogar ihre Gartenzwerge vom Vorgarten hinter das Haus.

Dumpfling wurde zur Festung!

*

Wer sich noch an die Vorkommnisse erinnert, die auf Leo Dörflingers tragischen Tod folgten, weiß von der heimlichen Liaison des Franz Nagel, also des angesehenen Dumpflinger Neu-Bürgermeisters, mit der Uschi Wagner aus Kulmbach, der Nachbargemeinde, die er so liebevoll „seine Muschi" nannte, was ihr gar nichts auszumachen schien. Ebenfalls noch bekannt sollte sein, dass nicht nur der angesehene Herr Bürgermeister sondern auch sein Pantscherl, also die Uschi, dies durchaus unter Umgehung sowohl eines schlechten Gewissens als auch einer ehelichen Verpflichtung taten, denn auch Frau Wagner war seit geraumer Zeit glücklich verheiratet. Wiewohl die beiden keinerlei moralische Problematik bei der ganzen Sache sahen, erlegten ihnen die gesellschaftlichen und seit kurzem auch seine politischen Gegebenheiten und Zwänge hier die Notwendigkeit zur diskreten Geheimhaltung auf, und so kamen sie auch fürderhin meist in Franz Nagels für derlei Aktivitäten gut ausgestatteten Lieferwagen zusammen. Also meistens kamen sie zusammen, manchmal auch hintereinander, aber das soll uns hier nicht kümmern.

Sie hatten auch vereinbart, dass keinerlei moralische Bedenken bezüglich der ehelichen Situation des jeweils anderen nötig wären. Insgeheim dachte sich der angesehene Herr Bürgermeister, dass die Uschi ihren beträchtlichen sexuellen Appetit wenn nicht an ihm halt an einem anderen stillen würde, und Uschi sah das ganz ähnlich – sie würde. Wenn man genau hinsah, war das eben keine Liebesbeziehung sondern schlicht und einfach Lust an körperlicher Betätigung, Sport quasi, eine Art Fitnesstraining, und genau das machte es so herrlich unkompliziert für beide.

Bis zu diesem verdammten Donnerstag im November.

*

Hagen Vukovic war gerade volljährig geworden und hatte von seinem Vater, dem freiheitlichen Vizebürgermeister und Schottergrubenbetreiber Gerfried Vukovic (Eigentlich sollte er Zrinko heißen, aber das war seiner österreichischen Mutter zu „balkanesisch". Gerfried selbst hatte dann vor vielen Jahren versucht, seinen Nachnamen ändern zu lassen, was ihm leider aufgrund „nicht glaubhaft zu machender Gründe" verweigert worden war) – also Hagen hatte von seinem Vater zum achtzehnten Geburtstag einen Oldtimer bekommen, und zwar einen alten Mercedes Benz 280 aus den Sechzigerjahren. Der Großvater von Hagen Vukovic war aus der Nähe von Rijeka Anfang der 1960er nach Österreich gekommen, und anfangs als „Tschusch" beschimpft, hatte er sich sehr schnell integriert und war österreichischer geworden als die meisten Österreicher. Der Vater des heutigen Vizebürgermeisters von Dumpfling hatte darauf bestanden, seinen Sohn mit möglichst deutschen Vornamen auszustatten, und so kam dieser zu seinen Namen Gerfried Gunther, wobei er aber meist nur den ersten anführte. Der seinerseits hatte beschlossen, seinen Vater diesbezüglich noch zu übertreffen und nannte seinen Sohn Hagen Wilfried. Germanischer ging es einfach nicht! Wäre Hagen ein Mädchen geworden, hätte es vermutlich Sieglinde Brunhild geheißen.

Gerfried Vukovics Vater hatte damals, als er nach Österreich immigrierte, eine reiche Witwe geheiratet, deren Mann ihr einige Schottergruben im Osten von Dumpfling vererbt hatte, und so fehlte es den Vukovics nicht an Geld. Und solange die Schottergruben nicht erschöpft waren, würde das auch so bleiben.

Hagen hatte den Führerschein am Tag seines Geburtstags abgeholt, und seitdem fuhr er so oft es ging mit seinem ganzen Stolz alle möglichen Straßen und Feldwege in der Umgebung ab. Auch wenn es spät im Herbst war, stets das Fenster nach unten gekurbelt und lässig den Ellbogen hinausgestreckt, versteht sich. Die Intelligenz war schließlich nicht seine vordringlichste Sorge, von dieser Krankheit hatte ihn die Natur weitgehend verschont. Er war einer der fünfzig Prozent, die dafür sorgten, dass der durchschnittliche Intelligenzquotient den Wert 100 behielt, auch wenn die anderen fünfzig Prozent ihn erhöhen wollten.

Hagen machte gerade seine Lehre beim Tischlermeister Nagel, er war im dritten Lehrjahr. Leider verdient man als Tischlerlehrling nicht sehr gut. So war Hagen, was den Treibstoff für seinen Mercedes betraf, meist auf die Zuwendungen seines Vaters angewiesen, was ihm aber als Selbstverständlichkeit erschien. Wozu sind Väter sonst da? Hätte er damals halt verhütet, jetzt war es zu spät zu jammern! Zu seinem Glück wusste er nicht, dass sein Vater durchaus verhütet hatte, aber anscheinend erfolglos. Irgendeines dieser kleinen, schwänzelnden Luder hatte sich seinen Schädel an der Gummiwand nicht eingeschlagen und war bis zum Ei vorgedrungen.

Wie Hagen also diesen nebligen Novemberabend die Feldwege abfuhr, die mittlerweile auch in der Au in Ganshofen alle asphaltiert waren, so wie fast überall am Land, wo ein schwarzer Bürgermeister sich der Zuneigung seiner Bauern zu versichern hatte, da sah der selbst nicht allzu erleuchtete Jüngling etwas Leuchtendes in einiger Entfernung.

Nun kann man im Sommer in der Au zwar durchaus davon ausgehen, dass auch am Abend noch Leute dort vielleicht ein Lagerfeuer unterhalten, um zu grillen, aber an einem doch recht kalten Abend Anfang November? Er sah noch einmal hin, da gingen die Lichter – es waren zwei – aus. Das erschien ihm im höchsten Grade suspekt, ja geradezu verdächtig. Womöglich lud dort eine dieser ausländischen Einbrecherbanden ihr Diebesgut um, oder – was weiß man schon – vielleicht war etwas noch viel Schlimmeres im Gange?

Er beschloss also, der Sache auf den Grund zu gehen. Damit man ihn nicht von weitem kommen sah, löschte er in seinem Benz ebenfalls die Lichter und näherte sich im Leerlauf – es ging leicht bergab, was ihm diesbezüglich entgegenkam – dem verdächtigen Objekt bis auf etwa dreihundert Meter. Er wäre näher herangefahren, aber ohne Licht kam er von der Straße ab, und blieb mit zwei Rädern im weichen Waldboden stecken. So beschloss er sich um die Befreiung seines Wagens später zu kümmern und erst nachzusehen, welches Verbrechen da wohl im Gange wäre, nicht ohne zuvor noch sein deutsches Armeemesser, das er zu Weihnachten von seinem Vater bekommen hatte, aus dem Handschuhfach zu nehmen und umzuschnallen.

Dumpflings Rambo hatte endlich sein Vietnam gefunden.

*

Sunny beschloss zur selben Zeit, die Arbeit (er musste bei diesem Ausdruck selbst lachen) zu beenden und nach Hause zu gehen. Wieder den ganzen Tag kein Anruf. Wenn das so weiterging, müsste er sich etwas einfallen lassen, um nicht an Langeweile zu sterben. Das letzte Spektrum der Wissenschaft hatte er schließlich schon ausgelesen.

Von dieser Notwendigkeit des Nachdenkens über eine adäquate Betätigung befreiten ihn die Vorkommnisse, die gerade im Wald in der Ganshofener Au ihren Anfang nahmen. Aber davon wusste Sunny natürlich zu diesem Zeitpunkt noch nichts.

*

Heute hatte sich seine Muschi besonders sexy hergerichtet, hatte sich der angesehene Herr Bürgermeister vor zwei Stunden gedacht, als er sie wie immer in Kulmbach an einer nicht einsehbaren Bushaltestelle hinter ihrem Haus hatte einsteigen lassen. Das würden wieder zwei sehr angenehme Stunden werden. Ihr Mann war offensichtlich und zum Glück auf einer Geschäftsreise. Seiner Frau Karin hatte der angesehene Herr Bürgermeister gesagt, er müsse bei einem Kunden für eine neue Küche Naturmaß nehmen. Naturmaß, haha, irgendwie passte das ganz gut. Uschis Naturmaße nahm er in der Tat sehr gerne. Die waren in der Tat sehr sexy für ihre 39. Wobei das mit den 39 Jahren war so eine Sache. Nagel wusste, dass die längsten zehn Jahre im Leben einer Frau die zwischen 39 und 40 waren, aber er war weder lebensmüde noch verrückt genug, Uschi darauf anzusprechen.

Sie waren dann also wie schon oft in die Ganshofener Au gefahren und hatten sich dort auf die Ladefläche seines Lieferwagens begeben, wo ein Tischler immer einige Matratzen liegen hat, damit die Möbelstücke sich beim Transport nicht abschlugen. Allerdings wurden seine Matratzen, darauf bestand er, jede Woche ordentlich von Staub befreit, weil, wie er sagte, der saubere Eindruck beim Kunden das beste Verkaufsargument wäre, um zum Zuge zu kommen.

Bevor sie also vorne aus- und hinten einstiegen, weil die Ladefläche natürlich aus Sicherheitsgründen räumlich von der Fahrerkabine getrennt sein musste (das ist Österreich, da nimmt man es mit der Sicherheit genau), hatte er klarerweise noch die Lichter des Lieferwagens abgedreht, und dann war es ziemlich schnell zur Sache gegangen. Heute war seine Muschi offensichtlich besonders gierig. Sie hatte ihm die Hose so schnell ausgezogen, dass er es kaum mitbekommen hatte, und als sie sich auf ihn setzte, merkte er, dass er sich die Mühe, ihr den nicht vorhandenen Slip herunterzuziehen, sparen konnte. So ein Rock hatte eben auch seine Vorteile.

Weil weder sie noch er sich beherrschen konnte (oder wollte), war es ziemlich schnell gegangen. Als sie kamen, schien ihm als würden in seinem Kopf Blitze zucken. Uschi hatte einmal gesagt, die Beckenbodengymnastik hätte auch Vorteile, und er war geneigt, ihr zuzustimmen. Als sie wieder bei Atem waren, beschlossen die beiden, zuerst einmal draußen die obligatorische Zigarette danach zu rauchen, bevor sie sich ihn, das dachte sich zumindest die Uschi, noch einmal in Ruhe vorknöpfen würde. So billig würde er ihr heute nicht davonkommen!

Was sie beide nicht wussten war, dass da ein gewisser Hagen Vukovic schon einige Minuten hinter einem Baum hockte und sie belauschte. Sehen konnte er leider nichts, weil der Lieferwagen hinten ja keine Fenster hatte. Aber natürlich erkannte er das Fahrzeug seines Chefs und machte, als die Geräusche am lautesten waren, schnell mit dem Handy ein Bild vom Fahrzeug im Wald, auf dem man auch das Nummernschild gut sah. Er erschrak gehörig, als sein doofes Handy aufgrund des wenigen Lichts den Blitz zuschaltete, aber offensichtlich hatten sie im Auto davon nichts bemerkt. Sie hätten den Blitz maximal durch die Windschutzscheibe sehen können. Glück gehabt. Insbesondere deshalb, weil der angesehene Herr Bürgermeister das Blitzen, wie bereits erwähnt, auf einen besonders intensiven Orgasmus zurückführte und nicht auf ein Fotohandy seines Lehrlings.

Der Orgasmus war in der Tat so gut, dass sogar Hagen Lust auf eine Zigarette danach hatte.

*

Natürlich wäre es interessant zu erzählen, was Uschi danach mit dem völlig überforderten Herrn Bürgermeister noch alles angestellt hatte, aber diese Erzählung soll doch einen gewissen Grad an Anstand behalten, und so muss das leider verschwiegen werden. Man möge sich damit zufrieden geben, dass es die Nacht seines Lebens war und ihm noch Tage später der Muskelkater in allen Knochen steckte. Wobei ein Muskelkater, wie schon der Name sagt, schlecht in den Knochen stecken kann, aber wir wollen hier nicht kleinlich auf solchen Ausdrücken herumreiten wie die Uschi auf dem Nagel in dieser Nacht.

Hagen hingegen schaffte es nicht, seinen Wagen aus der misslichen Lage im Schlamm des Waldweges zu befreien und ging die gesamten sieben Kilometer nach Dumpfling zu Fuß, was dem leicht übergewichtigen Burschen ebenfalls einen Muskelkater einbrachte, allerdings auf wesentlich weniger angenehme Art und Weise als dem Herrn Bürgermeister (und übrigens auch der Uschi). Am nächsten Tag half ihm dann sein Vater, das Auto wieder flott zu bekommen. Seine Fragen, was der Junior so spät nachts im Wald gesucht hatte, beantwortete Hagen mit einem augenzwinkernden: „Ich will das Mädel nicht in Schwierigkeiten bringen, Papa!"

Der Herr Vizebürgermeister Vukovic war mächtig stolz auf seinen offensichtlich erwachsen werdenden Sohn und fragte nicht weiter! Hoffentlich hatte er verhütet, dachte er noch, sonst geht es ihm wie mir damals, aber das sagte er seinem Sohn natürlich nicht.

3

Noch bevor Anjas Gast überhaupt da war, begannen Dinge zu passieren, die Anja Dörflinger verunsicherten, obwohl sie grundsätzlich eine starke Frau war.

Das erste, was passierte, war ein zerstochener Reifen an ihrem Wagen. Zuerst dachte sie, sie hätte sich irgendwo einen Nagel eingefahren, aber in der Werkstatt sagte man ihr, ein länglicher Riss in der Seitenwand mit scharfen Schnittkanten könne nur von einem Messer stammen. Sie beschloss, aus der Sache kein großes Theater zu machen, ließ den Reifen wechseln und bereitete alles für den Gast vor. Der würde heute eintreffen. Sie war schon gespannt, was das für ein Kerl war. Man hatte ihr zugesichert, sie könne ihn jederzeit ablehnen, falls sie mit ihm nicht zurechtkäme. Sie selbst war sich da gar nicht so sicher, schließlich lagen zwischen Dumpfling und Syrien doch beträchtliche gesellschaftliche und auch religiöse Unterschiede. Egal, man würde sehen.

Und dann traf Abdul ein.

Er überraschte Anja auf das Angenehmste. Sie hatte erstens nicht damit gerechnet, dass er auch nur ein Wort Deutsch könne, aber er begrüßte sie mit einem einwandfreien „Guten Tag! Ich danke Ihnen, dass ich bei Ihnen wohnen darf!", und lächelte sie dabei auf eine so gewinnende Art an, dass sie automatisch und unwillkürlich zurücklächeln musste.

Als sie ihn fragte, woher er so gut Deutsch könne, meinte er, dass er nur ein paar Worte beherrschen würde, aber jeden Tag daran arbeite. Englisch könne er deutlich besser.

Und weil Anja gar nicht so schlecht Englisch sprach, benutzten sie ab da eine interessante Mischung aus Deutsch und Englisch, wobei Abdul darauf bestand, dass sie in erster Linie mit ihm in ihrer Muttersprache sprechen sollte, bitte!

Wie sie herausfand, war er kein radikaler Moslem, sondern, obschon er sich durchaus zum Islam bekannte, was „Hingabe an Gott" heißt, wie sie von ihm lernte, arbeitete er als Arzt in Syrien und pflegte einen ziemlich modernen Lebensstil. Seine Frau hatte sich nie verschleiert, was sie schlussendlich auch das Leben gekostet hatte, als sie eine Horde von IS Sympathisanten zuerst vergewaltigt und dann einfach erschlagen hatten wie einen tollwütigen Hund. Seine Geschichte, die er ihr in den nächsten Tagen erzählte, schockierte sie. Anja wusste nun, dass sie das Richtige getan hatte.

Alkohol trank Abdul keinen. Auch rauchte er nicht. Als Arzt wäre das mehr als dumm, sagte er ihr lächelnd, aber er würde deswegen keinem Menschen Vorhaltungen machen. Sein Zimmer schien er peinlich sauber zu halten, und nach einigen Tagen hatte er sich auch an die für ihn ungewohnte oberösterreichische Küche gewohnt. Da er Schweinefleisch nicht grundsätzlich ablehnte, weil er meinte, das wäre in erster Linie verboten worden, weil zu Zeiten des Propheten das Problem mit Trichinen und daher Bandwürmern aktuell gewesen sei, aber diese Problematik ja in Europa kaum noch bestünde, kochte sie eigentlich ganz normal. Manchmal half er ihr, und so lernte sie auch einige arabische Gerichte wie Cous Cous kennen, die ihr überraschend gut schmeckten.

Sie machte bei Gesprächen mit Leuten aus dem Ort, wie zum Beispiel beim Einkaufen – sonderbarerweise hatte Dumpfling zwar keine Post mehr und das Gasthaus war nur noch sporadisch offen, aber die Gemischtwarenhandlung gab es immer noch – aus ihrer Sympathie für ihren Gast kein Hehl, ohne dabei auch nur einen Gedanken daran zu verschwenden, dass die Leute böse sein können, wenn sie Angriffspunkte brauchen. Sehr böse sogar!

Und das sollte sie sehr bald merken.

*

Hagen hatte, was noch nicht erwähnt wurde und was auch im Ort keiner wusste, neben seinem geliebten Auto ein zweites Steckenpferd. Er spielte leidenschaftlich gern Poker im Internet. Poker ist im eigentlichen Sinne ja kein Spiel sondern eine Wette. Man wettet und setzt Geld darauf, dass man selbst bessere Karten hat als die anderen Mitspieler, wobei man das nur bis zu einem gewissen Grad beeinflussen kann, indem man Wahrscheinlichkeiten berechnet oder überschlägt. Dazu braucht man aber fundiertes Mathematikwissen und eine gewisse Begabung, und wenn Hagen etwas nicht war, dann ein Mathematikgenie. Somit war er allein auf das Glück angewiesen, und das ist nun einmal ein Vogerl, wie wir wissen. Und ihn hatte es besonders heimtückisch gevogerlt. Zuerst hatte er gewonnen, als hätte das Glück beschlossen, ihn zur Spielsucht zu treiben, und als es dann so weit war, begann er sukzessive zu verlieren. Nicht viel am Anfang, aber es summierte sich auf. Und vor einer Woche hatte der Bankomat ihm die Karte eingezogen, als er etwas Geld beheben wollte.

Wenn das sein Vater herausbekam, ging es ihm ordentlich an den Kragen. Sein Vater war kein Freund von psychologisch fundierten, auf argumentativem Überzeugen beruhenden Erziehungsmethoden. Er bevorzugte eher Argumente, die jeder gleich verstand. Zucht und Ordnung, herrenvolkskonform quasi, und wenn es sein musste, mit schlagenden Argumenten aus Holz und Leder untermauert.

Nein, der Vater durfte das nie erfahren. Das Problem musste er anders lösen. Schuld war ja nur die Bank. Hätte er dort einen höheren Kreditrahmen, dann hätte er über kurz oder lang mit seinen Gewinnen das alles mehr als wett gemacht. Schließlich konnte er ziemlich gut pokern. Diese kleinkarierten Deppen von der Kassa.

In seinem Kopf reifte ein Plan.

*

Die lebende Dorfzeitung Mimi beschloss, ihre redaktionelle Tätigkeit zuhause abzuschließen, und die Neuigkeiten in Druck zu geben, um bei dieser Nomenklatur zu bleiben. Man könnte auch sagen, ihr war langweilig, sie war ja seit Jahren Witwe mit einer kleinen Pension und hatte somit nur wenig Abwechslung, wenn man von Barbara Karlich und ihrer Nachmittagssendung, die sie nie versäumte, einmal absah. Also ging sie ein wenig unter die Leute, um zu erfahren, was es Neues gab und um ihrerseits dafür zu sorgen, dass es etwas Neues gab.

Mimi ging daher als Erstes in die Gemischtwarenhandlung, wo sie ein kleines Plauscherl mit den drei anwesenden Damen der Dumpflinger Gesellschaft führte. Alle vier waren sich einig, dass der kürzlich eingetroffene Asylant – der Unterschied zwischen einem anerkannten Asylanten und einem Asylwerber war ihnen keinesfalls begreiflich zu machen – ein äußerst attraktives Exemplar der Spezies Mann, ein rassiger Schwarzhaariger mit einem sexy Dreitagesbart war. Da verstehe man schon, warum sich die nunmehrige Witwe Anja Dörflinger dazu entschieden habe, ihn einzuquartieren und nicht etwa eine Flüchtlingsfamilie oder einen weiblichen Flüchtling. Der würde sich schon entsprechend erkenntlich zeigen müssen. Nein, das wäre jetzt böse, das behaupte man natürlich nicht, aber was weiß man schon, oder? Und überhaupt wirke Anja trotz ihres kürzlich erlittenen Verlustes eigentlich ziemlich glücklich, nicht wahr?

Und besonders mitgenommen sehe er, also wie hieß der? Abdul? Ja sehr mitgenommen sehe er auch nicht aus. Der wäre sicher eh mit dem Flugzeug gekommen, das mit der Flucht zu Fuß über zehn Länder, das könne man dem Kasmann erzählen. Geht ja gar nicht so etwas!

Dass zwischen Syrien und Österreich keine zehn Länder liegen, weiß ja nicht einmal der blaue Bundesparteiobmann, der sogar von zehn sicheren Drittländern sprach, wie könnte man ein derartiges, geografisches Detailwissen also von den betreffenden Damen der Dumpflinger Gesellschaft verlangen?

Na, der Anja sei das nach dem harten Schicksal aber eh zu gönnen, man sei da ja nicht neidisch. Aber sagen müsse man schon noch dürfen, was eh offensichtlich sei, oder? Und schließlich bekäme sie dafür vom Staat auch noch ganz schön viel Geld. Eigentlich ein Wahnsinn, wo doch die armen Obdachlosen im Stich gelassen würden (auch wenn es in Dumpfling gar keine gab, Gott sei Dank!)

Eine andere Dame vertrat die Theorie, dass gerade die brav und solide aussehenden Flüchtlinge oft die schlimmsten Verbrecher seien. Schläfer nannte man die. Beischläfer eher, warf eine andere ein, was zu heftigem Gelächter führte. Nein, nein - man dürfe sich nicht wundern, wenn der Kerl vielleicht sogar für den IS arbeiten würde und versuchte, die Dumpflinger Kinder als Krieger anzuwerben. Eine Freundin vom Schwager des Arbeitskollegen ihres Bruders hätte von so einem Fall in ihrem Bekanntenkreis erzählt, und der Bundesparteiobmann habe das dann sogar in einem Interview in einer Zeitung bestätigt. Ihre Kinder hätte sie diesbezüglich jedenfalls schon gewarnt, auch wenn sie erst neun und elf seien, aber man sah da ja immer wieder diese Bilder im Fernsehen. Ihr wisst schon, von Kindern mit Waffen, furchtbar ist das!

Außerdem sei davon auszugehen, dass diese Asylanten alle möglichen Krankheiten einschleppen würden, rundete Michaela Feldberger, die dritte Dame, das Bild ab. Der Landesparteiobmann der Rechtspartei, der Heimeichner Markus, habe ja schon gesagt, wenn das so weiterginge mit den Flüchtlingen, müsste man die gesamte Bevölkerung gegen alles Mögliche zwangsimpfen! Wer weiß, ob der nicht Diphterie, Typhus, Aids oder gar die Pest einschleppe! Also nicht der Landesparteiobmann, sondern der Flüchtling. Sie wasche sich jetzt jedenfalls immer gleich die Hände, wenn sie außer Haus gewesen sei. Und zwar mit einer speziellen, medizinischen Seife. Jawohl!

*

Es ist ja grundsätzlich ein kleines Wunder, dass ein Ort wie Dumpfling überhaupt noch eine eigene Bankfiliale hatte.

„Schuld" daran waren im Prinzip nur die paar Unternehmer, wie der kleine Gemischtwarenhandel, das sporadisch öffnende Gasthaus aber vor allem die beiden Tischlereien vom angesehenen Bürgermeister Nagel und seinem Intimfeind Max Nagler, der zu allem Überdruss jetzt nach der Hochzeit seines Neffen mit des Bürgermeisters Tochter, wobei, wie wir wissen, es eigentlich sein Sohn mit irgendwie Max Neffen war, ach egal. Jedenfalls waren sie auf eine obskure Art auch noch verwandt geworden, nein eher verschwägert, irgendwie halt.

Das alles war der Bank, die jeder in Dumpfling nur die „Kassa" nannte, vollkommen egal. Sie war vor einigen Jahren der Ganshofener Kassa einverleibt worden und war jetzt wirklich nur noch eine Filiale. Wenn einer der beiden Mitarbeiter Urlaub hatte, musste aus Ganshofen eine Aushilfe kommen, damit sie überhaupt den Tresor aufsperren konnten, so war die Vorschrift.

Aber die Dumpflinger waren froh, dass die Filiale noch existierte. Angeblich würden in den Orten, in denen die geschlossen wurden, sogar die Geldautomaten, die man in Oberösterreich meist Bankomaten nennt, abgebaut – und das wäre wirklich eine Katastrophe gewesen. Nicht, dass man sein Geld hier irgendwo hätte ausgeben können, aber einfach grundsätzlich. Kein Dumpflinger ging gerne ohne Geld aus dem Haus. Ein Naturinstinkt quasi. Ein Mann ohne Geld in der Tasche war ein Pantoffelheld.

Naturgemäß hatte die Bank im Allgemeinen nicht allzu viel Geld in den Schalterkassen. Der Umsatz war einfach zu gering. Wenn man nach England in den Urlaub fliegen wollte, wie ein Dumpflinger kürzlich, musste man die paar Pfund natürlich zwei Tage zuvor bestellen, lagernd war so etwas nicht. Glücklicherweise waren die meisten der europäischen Länder mittlerweile auf den Euro umgestiegen, aber auch Euros hatte die Bank nicht unbegrenzt in den Schalterkassen. Wozu auch?

Wenn der maskierte Räuber das gewusst hätte, als er an diesem Freitag beschloss, ausgerechnet die Dumpflinger Filiale zu überfallen, dann hätte er sich wohl anders entschieden. Man darf aber bei Bankräubern nicht immer davon ausgehen, dass sie so clever sind wie Ronald Biggs, der legendäre englische Posträuber. Die meisten sind eher verzweifelt, was ihr Vorhaben nicht rechtfertigt, aber ihre Ungeschicklichkeit erklärt.

Und so stürmte der mit einer Schihaube maskierte Räuber also am Freitagvormittag in die Filiale in Dumpfling, in der eine Mitarbeiterin, was dem ganzen Ort bekannt war, schon die ganze Woche Urlaub hatte, rief laut „Allahu Akhbar. Gib Geld her!" und fuchtelte mit einer Faustfeuerwaffe herum, an deren Echtheit der einzig diensthabende Rudi Wolfmüller keinerlei Zweifel hatte, wenn er überhaupt Zeit gehabt hätte, darüber nachzudenken.

Er gab ihm also die 2430,- Euro, die er in Scheinen in der Kassa hatte, drückte den Alarmknopf, der am Posten in Ganshofen einen Alarm auslöste, und verhielt sich sonst vorbildlich, wenn man davon absah, dass er danach frische Unterhosen benötigte, was in dieser Situation aber durchaus verständlich war. Das „Mach Tresor auf!" des Täters nutzte diesem – zu seinem Glück, weil sonst die Polizei rechtzeitig dagewesen wäre – nichts, was ihm der Rudi mit der Abwesenheit und dem Zweipersonenöffnungsmechanismus auch klarmachen konnte. Daher verließ der wohl etwas frustrierte Räuber die Bank gleich wieder, wobei er sich beim Hinauslaufen ungeschickterweise am sicherheitstechnisch wohl unzulässig scharfkantigen Rahmen der automatischen Türe an der Hand verletzte und lief zu Fuß in den nahen Wald.

Bis der mittlerweile wieder genesene Polizist Ernst Lindmannsberger – man erinnere sich an sein Fiasko mit der Baseballschlägerbehandlung durch einen irrsinnigen oder zumindest sehr eifersüchtigen Psychologen vor einigen Wochen – mit seinem neuen Kollegen vom Posten Ganshofen in Dumpfling eintraf, war der Täter, der dem armen Rudi klugerweise vorher noch befahl „Leg Boden!", bereits über alle Berge, wobei dies in Dumpfling maximal etwa vierhundert Meter hohe Hügel sind, was nicht viel ist, weil der Ort selbst auf über dreihundertfünfzig Meter über dem Meeresspiegel liegt. Da nutzten auch die großräumig angelegten Kontrollen des Sondereinsatzkommandos nichts, der Täter war und blieb verschwunden. Nur seine DNA nicht. Die war aufgrund der Verletzung bei der Flucht am Türrahmen, worauf aber keiner der Ermittlungsbeamten achtete, weshalb am nächsten Morgen die Putzfrau die Beweise fachgerecht beseitigte. Mit Sauerstoff Action! Als die Auswertung der Überwachungskameras einen aufmerksamen Ermittler darauf brachte, diesen Rahmen zu kontrollieren, fand er nur noch wohlriechende Spuren eines aus der Werbung gut bekannten Reinigungsmittels daran. Man sollte das eigentlich in der Werbung verwenden: „… bringt sogar den dümmsten Bankräuber nicht in Schwierigkeiten!"

*

Sunnys Büro lag auf der dem Posten gegenüber der Polizeidienststelle liegenden Straßenseite. Und so kam es, dass er, wenn ihm besonders langweilig war, hie und da seinen früheren Kollegen Ernst Lindmannsberger zu besuchen pflegte. Vor allem, wenn sein neuer Kollege nicht in der Dienststelle war, denn dann ließ es sich einfach zwangloser plaudern.

Und genau das war an diesem Vormittag der Fall. Sein neuer „Kollege" war noch dazu eine Frau. Emilie Strolz hieß sie, und sie war, was dem Sunny aber kaum imponieren konnte, eine äußerst hübsche, blonde, sportliche, junge und ehrgeizige Polizeibeamtin. „Eine hundertprozentige" wie der Ernst sich ausdrückte. Die verstand keinen Spaß, die kannte nur Ernst, hahaha. Eine typisch Ganshofener untiefenpsychologische Betrachtung hätte wohl ergeben, dass jemand, der seine Tochter Emilie nannte, vielleicht lieber einen Sohn gehabt hätte, und es drängte sich der Eindruck auf, dass die junge Polizistin ihren Eltern diesen Sohn ersetzen wollte.

Sunny hatte jedenfalls schon eine einprägsame Erfahrung mit ihr gemacht. Er war wie so oft in die Bäckerei gefahren, bevor er in sein Büro fuhr, um sich seine Jause herrichten zu lassen. Schinkencroissants. Er liebte Schinkencroissants. Weil es sich anbot, ließ er dabei sein Auto direkt vor der Bäckerei im Parkverbot stehen und stieg gerade aus, als Emilie ihn zur Rede stellte, was er vor hätte.

„In die Bäckerei, Jause kaufen.", meinte er, obwohl es sie aus seiner Sicht eigentlich nichts anging. Sie wies ihn auch prompt darauf hin, dass er dann da aber nicht parken dürfe! Nun war der Sunny lange genug Polizeibeamter gewesen, um zu wissen, dass man in einem Parkverbot für die Dauer einer Ladetätigkeit unbegrenzt oder aber sowieso mindestens zehn Minuten halten darf. Und etwas schroffer, als er das eigentlich wollte, sagte er ihr das auch. Inklusive Zitat des entsprechenden Paragraphen der Straßenverkehrsordnung und mit einem Tipp, sich das vielleicht noch einmal durchzulesen.

Dann ging er in die Bäckerei und ließ die arme und etwas konsterniert da stehende Beamtin wortwörtlich im Regen stehen, der an diesem Tag aber nicht besonders stark war. Sie folgte ihm also in die Bäckerei und bestellte und bezahlte ihrerseits ein Kipferl, womit man in Österreich die Hörnchen bezeichnet, falls sich auch bundesdeutsche Leser für dieses Detail interessieren sollten. Die Verkäuferin legte das Kipferl auf die Theke, und Emilie konnte nicht anders und musste dem Sunny noch androhen, dass er das nächste Mal einen Strafzettel bekommen würde. Er grinste sie nur an und sagte: „Ja, wenn Sie gerne umsonst Papierkrieg haben, bitte!" Sie bekam einen hochroten Kopf und verließ das Geschäft, wobei sie zu ihrem Pech ihr Kipferl vergaß.

Jetzt konnte der Sunny einfach nicht anders und brüllte ihr nach: „Kipfel!" (Eigentlich schrie er ihr das mundartliche „Küpfö" nach, aber das hier tut nicht viel zur Sache).

Das Gelächter im Laden kann man sich vorstellen, als sie zurückging, ihr Frühstückskipferl nahm, und ihn bitterböse anblitzte, bevor sie ging.

Aber so eine Gelegenheit, einem Exekutivorgan ganz ungestraft „Kipfel!" nachrufen zu können, konnte er sich einfach nicht entgehen lassen.

Darüber unterhielten sich der Ernstl und der Sunny jetzt und lachten nochmals beide herzhaft, als Emilie ins Büro kam. Die beiden verstummten sofort, vermutlich fürchteten sie Brösel.

*

Hagen Vukovic hatte am Tag nach dem Überfall gearbeitet wie immer. Alles andere wäre auch wirklich dumm gewesen. Er hatte sich allerdings den Einbruch in die Bank etwas erfolgreicher vorgestellt. Die etwas über zweitausend Euro reichten zwar, um sein Konto wieder halbwegs auszugleichen, aber – so verstand er selbst trotz seiner nicht überragenden Geistesgaben und nachdem er den halben Tag darüber nachgedacht hatte, während er Leisten in der Tischlerei Nagel zuschnitt – er konnte damit ja jetzt schlecht zur Bank laufen und den Betrag einzahlen. Das wäre dann doch zu auffällig gewesen. Er musste das Geld waschen. Also zog er sich am Abend seinen einzigen halbwegs tragbaren Anzug an, setzte sich in seinen alten Mercedes, nicht ohne vorher seinen Vater schon aus Gewohnheit um etwas Geld für Treibstoff anzubetteln, und fuhr damit nach Linz ins Casino. Wo sonst sollte man Geld waschen, wenn nicht im Casino?

Es war sein erster Besuch im Casino. Man musste ja volljährig sein, und das war er erst seit kurzem. Und er fuhr auch nicht hin, um zu spielen, sondern nur, um sein Geld zu waschen. Wenn ihn danach jemand danach fragen sollte, würde er einfach den Auszahlungsbeleg des Casinos vorweisen und behaupten, er hätte es gewonnen. So einfach war das!

Zumindest in der Theorie.

In der Praxis setzte das Schicksal davor noch einen einstündigen Aufenthalt am Pokertisch. Auszahlungsbeleg bekam er dann keinen mehr. Den bekommt man nur, wenn einem etwas ausgezahlt wird.

4

Nachdem Anjas Reifen mittlerweile wieder repariert war, entlud sich der Volkszorn jetzt auf einer anderen Ebene. Jemand hatte an ihre Haustüre geschmiert, dass sie eine „girige Asülantenhuhre" sei. Anja hatte sich daraufhin einen Rotstift besorgt und die Rechtschreibfehler ausgebessert, die Beleidigung aber stehen lassen. Dann hatte sie das Ganze fotografiert und an eine lokale Bezirkszeitung gemailt, von der sie vermutete, dass diese das eher drucken würde als das als ausländerfeindlich bekannte Kleinformat.

Was auch geschah. Da bei dieser wöchentlich erscheinenden Zeitung zufällig am selben Abend Redaktionsschluss war, erschien am nächsten Tag ein Foto inklusive Artikel im Lokalteil. In diesem Artikel zerpflückte der Redakteur die Ablehnung der Dumpflinger sehr subtil aber nicht so subtil, dass nicht jeder begriffen hätte, was er meinte. Anja machte sich damit im Ort nicht beliebter, aber zumindest schmierte ihr keiner mehr etwas an die Tür.

Um Abdul nicht allzu sehr zu belasten, entfernte sie die Schmiererei dann doch, obwohl sie eigentlich vorgehabt hatte, sie als Mahnmal der Dummheit, wie sie das ausdrückte, stehen zu lassen.

Aber Abdul schlug sich mit ganz anderen Problemen herum.

Nach dem Banküberfall und der eingehenden Einvernahme des einzigen Zeugen, also des Schalterbediensteten Rudi Wolfmüller, kamen die Polizeiermittler, namentlich Emilie Strolz und Ernst Lindmannsberger, zu dem Schluss, dass es sich um einen ausländischen Räuber handeln musste. Das „Allahu Akhbar" wies sie natürlich sofort auf die Fährte des einzigen im Ort lebenden Moslems, eben Abdul. Sein Alibi, zu dieser Zeit hinter dem Haus Holz gehackt zu haben – er half Anja, wo er nur konnte, ohne dafür Geld zu verlangen – konnte er zu seinem Pech nicht beweisen. Und so nahmen ihn die beiden erst einmal mit auf den Posten, wo er in der einzigen Zelle eine ziemlich schlaflose Nacht verbracht hatte.

Am nächsten Morgen, das war der Tag, an dem man Anja in ihrer Abwesenheit die Haustüre beschmiert hatte, fuhr sie nach Ganshofen zu Sunny, um ihn um seine Hilfe zu bitten. Sunny war gerade von seinem Besuch bei Ernst zurückgekommen, der mit keinem Wort erwähnt hatte, dass in der Zelle ein potentiell verdächtigter Räuber einsaß. Vermutlich hatte er es einfach vergessen, es wäre nicht der erste Häftling, den man in Österreich im Gemeindekotter vergaß. Ernst war zudem in letzter Zeit nicht mehr so richtig bei der Sache. Ihm fehlten die fallweisen Vormittage mit der Dorfschönheit Sonja, die nach der Verurteilung ihres Gatten, des Psychologen, beschlossen hatte, diese Tätigkeit in Zukunft nicht mehr unentgeltlich auszuüben. Ernstl war also, wenn man so will, unbefriedigt. Der Emilie Avancen zu machen, hatte auch nicht gefruchtet. Es war alles nicht optimal, und das schlug sich auf seine schon vorher nicht übermäßige Dienstbeflissenheit nieder.

Anja setzte Sunny also ins Bild. Sie hätte zwar nicht allzu viel Geld, aber irgendwie würde es schon gehen, meinte sie. Sunny war ein guter Kerl, und irgendwie drückte ihn auch noch das schlechte Gewissen, den Todesfall ihres Gatten nicht aufgeklärt zu haben, und so versprach er, ihr nur die reinen Unkosten zu verrechnen.

Allerdings benötige er einen schriftlichen Auftrag, um zu ermitteln. Den bekam er gerne. Seinen ersten Auftrag! Den würde er sich einrahmen und an die Wand hängen.

Und dann ging Sunny gleich noch einmal auf die andere Straßenseite und besuchte Ernst und Emilie und nahm ihnen aus purer Freundlichkeit aus der Bäckerei noch

Kipferl mit. Vor allem Emilie hatte keine allzu große Freude mit seinem Besuch.

*

Der angesehene Herr Bürgermeister sah das Video der Überwachungskamera im Internet. Die Polizei hatte es online gestellt, weil man sich erhoffte, der einsitzende Verdächtige würde daraufhin recht schnell identifiziert werden können. Allerdings hatte das bislang außer einigen offensichtlich fremdenfeindlich motivierten Anrufen nicht viel ergeben.

Franz Nagel aber glaubte, den Täter von irgendwo zu kennen. Was kein Wunder war, schließlich hatte er täglich mit ihm zu tun. Von der Statur her sah der aus wie ... zu dumm, dass man auf dem Video keinen Ton hörte, die Stimme hätte vielleicht den Ausschlag gegeben.

Er sah sich das Video ein zweites Mal an. Beim Hinauslaufen schien sich der Räuber an der Tür verletzt zu haben. Er sah, wie er die Hand offensichtlich unter Schmerz schüttelte. Ja, kein Zweifel, der hatte sie sich am Türrahmen aufgerissen. Er würde die nächsten Tage genau auf die Hände der Leute achten, mit denen er zu tun hatte.

Franz Nagels Charakter konnte man ja durchaus kritisch hinterfragen, aber dumm war er nicht!

*

Da Ernst nicht allein am Posten war und Sunny neben Emilie nicht über die Sache sprechen wollte, meldete sich Ernst kurz ab, um eine Kleinigkeit zu essen und bat seine Kollegin, inzwischen die Stellung zu halten, ob sie das eine knappe Stunde schaffe, haha? Ganz ohne sexuelle Anspielungen ging es halt einfach nicht. Er schnappte sich die Jacke – es war empfindlich kühl da draußen – und ging mit Sunny zum Kirchenwirt auf ein Bier und ein Gulasch, wozu sie sich ins Stüberl setzten, um ungestört zu sein.

„Eine Frittatensuppe hätten wir auch.", meinte mit honigsüßer Stimme die durchaus hübsche, wenn auch etwas pummelige Kellnerin, auf die Ernst schon länger ein Auge geworfen hatte. Schließlich brauchte er Ersatz für Sonja, das gierige Miststück.

Und so bestellte er eine Suppe auch noch, obwohl der Hunger eigentlich gar nicht so groß war. Sunny beließ es beim Gulasch, der war für weibliche Reize nun einmal vollkommen unempfänglich.

„Ernstl, ich sag es ganz offen – ich brauche etwas Information zum Banküberfall. Anja hat mich gebeten, hier etwas nachzuforschen, weil sie nicht glaubt, dass ihr Asylwerber oder Mieter oder wie auch immer, damit etwas zu tun hat. Kannst du mir da bitte helfen?"

„Mann, Sunny, du weißt, dass ich das nicht darf!", versuchte sein Exkollege, sich herauszuwinden. Es war beiden klar, dass ihm das nicht gelingen würde.

„Ernstl, wenn du mir nicht hilfst, erzähle ich allen, dass du immer gerne mit mir geduscht hast", lachte Sunny.

Das brach den Widerstand. Sunny erfuhr, was er wissen wollte.

*

Hagen Vukovic blieb nichts anderes übrig, als am nächsten Tag wieder in die Arbeit zu gehen, als wäre nichts geschehen. Nur nicht auffallen! Die Wunde an der Hand hatte er mit zwei Pflastern so gut es ging abgedeckt, Holzstaub ist in Wunden alles andere als angenehm. Er schnitt gerade wieder Leisten zu, als er hinter sich etwas zu hören glaubte.

„Hagen, bist du taub?"

Sein Chef hatte ihn bereits zweimal gerufen. Aber mit dem angepassten Hörschutz und beim Lärm der Maschine hatte er nichts gehört. Den Hörschutz hatte der Chef murrend allen Mitarbeitern angedeihen lassen, als der Arbeitsinspektor beim letzten Besuch darauf gedrängt hatte.

„Sorry, Chef. Nichts gehört."

„Komm mal mit ins Büro!"

Was hatte das jetzt zu bedeuten? Hagen folgte seinem Arbeitgeber etwas verunsichert ins ruhigere Büro, wo ihm dieser auch noch anbot, sich zu setzen, was ihn noch mehr durcheinander brachte. Normalerweise war der Chef zu seinen Lehrlingen eher grob, aber das war nun mal so. Lehrjahre sind keine Herrenjahre, sagte sein alter Herr immer.

„Wo hast du dir die Hand verletzt?"

Hagen wurde blass. Er murmelte irgendetwas von Holzhacken zuhause. Dem angesehenen Herrn Bürger- und Tischlermeister konnte er damit allerdings nichts vormachen. Der sah seine Chance, den ungeliebten, untalentierten und aufsässigen Lehrling, der ihn seit fast drei Jahren nur nervte und ärgerte und zudem dauernd im Krankenstand war, endlich loszuwerden. Das konnte man jetzt elegant lösen oder brutal – Hagen würde das selbst entscheiden dürfen. Ihm wäre die elegante Möglichkeit lieber, dachte er, das bedeutete weniger Ärger mit seinem Vater, dem Vizebürgermeister, diesem verkappten Nazi, und vor allem gäbe es weniger Gerede im Dorf.

„So mein Junge, jetzt reden wir mal Deutsch. Du hast dir die Hand in der Bank verletzt, beim Überfall, als du die Flucht ergriffen hast. Dir ist klar, dass du dafür locker sieben bis acht Jahre ins Gefängnis gehst, oder? Aber es gäbe da eventuell eine Möglichkeit, wie du das vermeiden könntest."

Dem Jungen wurde übel, was sich auch in seiner Gesichtsfarbe sofort widerspiegelte. Jetzt war er froh, dass er saß. Obwohl, eigentlich ging es ja darum, dass sein Chef einen Vorschlag hatte, wie er gerade das Sitzen, wie man hier zu einem Gefängnisaufenthalt sagte, vermeiden könnte. Er war viel zu perplex, um den Vorwurf an sich abzustreiten. So ist das mit dummen Verbrechern: Sie sind nie auf irgendetwas vorbereitet, weil sie nicht daran denken, sich in die Argumente und Gedanken anderer zu versetzen. Und so brachte er gar nichts heraus, was aber nichts machte, weil der Bürger- und Tischlermeister eh gleich weitersprach.

„Ich mache dir folgenden Vorschlag, du kleiner Scheißer. Du bist ja jetzt volljährig, daher darfst du deinen Lehrvertrag schon selbst kündigen, und genau das wirst du tun: Du ersuchst mich schriftlich um Auflösung. Dann vergesse ich das mit deiner Hand und der Bank, geht mich ja soundso nichts an, und du gehst deiner Wege. Oder du weigerst dich, dann wird der Lehrvertrag von Gesetzes wegen mit deiner Verurteilung aufgelöst. Mein Angebot liegt auf dem Tisch. Was bevorzugst du?"

Die menschliche Psyche ist ein gar seltsam Ding. Manchmal reicht ein Satz, manchmal ein Wort, um eine Situation in einem völlig anderen Licht erscheinen zu lassen, um ein Abhängigkeitsverhältnis ins Gegenteil zu verkehren oder um aus Freunden Feinde oder umgekehrt aus Feinden Komplizen werden zu lassen. Und genau das bewirkte der Satz „Mein Angebot liegt auf dem Tisch." Oder vielleicht war es auch nur das Wort „liegt." Jedenfalls erinnerte sich der vor einer Sekunde noch völlig verhärmte Lehrling an die kürzlich beobachtete Szene im Wald, als er dieses Wort jetzt hörte. Vor seinem geistigen Auge sah er den angesehenen Herrn Bürgermeister liegen. Auf der Uschi Wagner, um genau zu sein, und er bekam dabei sogar eine Erektion, wobei zu klären wäre, ob dies sexuelle Ursachen hatte oder ob er nur scharf war, weil ihm soeben eine geile Idee gekommen war.

Und so breitete er sein Wissen vor dem zusehends ruhiger und geschockter wirkenden Herrn und Meister der Bürger und Tischler aus. Ohne einen Gegenvorschlag zu erwähnen, so weit dachte der dumme Junge nämlich gar nicht. Das war aber auch nicht nötig. Es reichte, wenn der Herr Tischlermeister so weit dachte.

*

Als Sunny das Wirtshaus verließ – Ernstl blieb noch und übernahm die Rechnung, wobei er der hübschen Kellnerin, sie hieß Dagmar und war eigentlich viel zu jung für den

Ernstl, ein großzügiges Beziehungsanbahnungstrinkgeld gab – wusste er einiges.

Anscheinend hatte der Bankräuber „Allahu Akhbar" gerufen, was auf einen Moslem hindeutete. Dazu wollte aber seine Kleidung nicht so recht passen. Trotzdem hatten sie Abdul einvernommen, aber nach einer Nacht mittlerweile wieder laufen lassen. Seine Statur passte auch nicht so recht zu dem etwas untersetzt wirkenden Bankräuber. Auch wies er an der Hand keine Verletzung auf, die man aber vermutete, weil das Video, das man ins Internet gestellt hatte, um Hinweise aus der Bevölkerung zu erhalten, zeigte, dass sich der Räuber beim fluchtartigen Entfernen vom Tatort verletzt haben dürfte.

Die Beute war relativ gering gewesen, die Nummern der Scheine leider nicht bekannt. Die Waffe war wohl eine Gaspistole, wie man sie jahrelang ohne Waffenschein hatte beziehen können. Für einen Laien schaute so ein Ding täuschend echt aus, und es waren sicherlich Tausende solcher Waffen unregistriert im Umlauf.

Die Flucht blieb ein Rätsel. Trotzdem man das Gebiet hermetisch abgeriegelt hatte, war und blieb der Täter nach der Flucht in den Wald verschwunden. Für Sunny ließ das nur einen Schluss zu: Es war jemand, der in Dumpfling wohnte. Nahe des Waldes. Was für ganz Dumpfling galt.

Wenn sich der Täter also nicht gerade äußerst dumm anstellte, und die Waffe bei ihm gefunden würde oder die Schimaske oder beides, dann würde man ihn kaum überführen können.

Sunny dachte, das würde Anja und ihren Gast sicher interessieren und beschloss, sie gleich aufzusuchen und ihr die Neuigkeiten mitzuteilen. Sie würde sich wundern, wie schnell er so viel herausgefunden hatte, und er genoss schon im Voraus etwas die diesbezügliche Achtung, die sie ihm dafür zweifelsohne entgegenbringen würde.

5

Abdul war wieder zuhause, wenn man es so nennen mochte. Er hatte nicht wirklich begriffen, was man ihm vorwarf. Anscheinend verdächtigte man ihn, einen Überfall begangen zu haben. Dann hatten sie ihn doch wieder freigelassen. Ein seltsames Land. Wenn man in Syrien einmal eingesperrt war, verließ man das Gefängnis meist nicht mehr, zumindest nicht lebend. Auch hatte er in der Zelle ein richtiges Bett vorgefunden und hatte zu essen bekommen. Der nette Polizist hatte etwas vom Gasthof besorgt und sogar vorher noch gefragt, was er wolle. Völlig verrückt, diese Österreicher.

Abdul hatte die schwarzweiße Hauskatze der Dörflingers am Schoß und streichelte das Tier gedankenverloren. Eigentlich war es ja ein Kater, aber als das kleine

Wollknäuel gerade mal neun Monate alt war, war es für ein paar Tage verschwunden gewesen. Anja war damals schier verzweifelt, der Kleine war ja auch ein ausgesprochen zutrauliches und liebes Tier. So hatten sie überall Zettel aufgehängt und schlussendlich hatte sich aus dem acht Kilometer entfernten Kulmbach jemand gemeldet, dem der Kater zugelaufen war. Eine ältere Dame war das gewesen. Die war mit dem Tier gleich brav zum Tierarzt und der hatte dem Franzi, wie der Kater gerufen wurde, obwohl er eigentlich Franz Joseph hieß, weil er so etwas wie der Kaiser in der Familie war, sofort kastriert, obwohl man das üblicherweise erst frühestens nach dem ersten Lebensjahr macht. Anja war so froh, das Tier wieder zu bekommen, dass sie der alten Dame keinen Vorwurf machte und ihr sogar die 80 Euro für die Kastration ersetzte, statt ihr, wie der damals noch am Leben befindliche Leo ärgerlich meinte, ein Verfahren wegen Sachbeschädigung anzuhängen, was er aber nicht so ganz ernst gemeint hatte. Aber wenigstens einen Schuss hätte er dem armen Kater vergönnt, murrte er noch in seinen nicht vorhandenen Bart. Das war vor nunmehr fünf Jahren gewesen, und Franzi war jetzt so etwas wie eine Dorfkatze. Zwar schlief er nachts bei den Dörflingers, aber fressen ging er a la carte – je nachdem, wo es ihm gerade behagte. Franzi war ein Feinspitz. Zwei Tage alten Schinken sollten die Zweibeiner selbst fressen, sowas würde er nie anrühren.

Was Abdul beschäftigte, als er die Katze streichelte, war, wie es seiner Familie ging. Er versuchte immer wieder, sie irgendwie telefonisch zu erreichen, aber bisher war er erst einmal durchgekommen, und das war noch in Traiskirchen gewesen. Da war es ihnen gut gegangen, sagten sie. Zumindest wären alle gesund und hätten etwas zu essen gehabt. Er hoffte, dass das Asylverfahren nicht allzu lange dauern würde und er sie bald nachholen könnte.

In der Zwischenzeit half er auf dem Hof und lernte jede freie Minute Deutsch. Oft mit Anja, wenn sie etwas Zeit hatte. Eine sehr nette Frau war das. Auch wenn sein Frauenbild schon von vornherein nicht typisch für einen Moslem gewesen war, änderte es sich hier noch weiter in Richtung Achtung und Respekt. Es würde seiner Familie hier gefallen.

*

In Wels schlugen und traten zur selben Zeit drei Skinheads, die eindeutig der rechtsradikalen Szene zuzurechnen waren, einen Dumpflinger krankenhausreif. Der völlig unschuldig zum Handkuss gekommene, dreiundvierzigjährige Wolfgang Zundmayr arbeitete dort als Taxifahrer. Er war ein eher dunkler Typ, hatte schwarze Haare und wurde deshalb von den volltrunkenen Burschen irrtümlich für einen Ausländer gehalten, als er am Taxistand aus dem

Auto ausgestiegen war, um sich eine Zigarette anzuzünden und seiner Frau ein SMS zu schreiben.

Ein Passant hatte die Szene beobachtet, aber nicht gewagt einzugreifen, was sicher eine kluge wenngleich nicht sehr mutige Entscheidung gewesen war. Zumindest hatte er sofort per Mobiltelefon die Polizei gerufen, die die Schläger noch während der Tat überraschte und zwei von ihnen verhaften konnte. Dem Dritten gelang die Flucht, aber erfahrungsgemäß würden seine Komplizen singen wie die Amseln, wenn man ihnen bei der Vernehmung die entsprechenden Argumente unterbreitete.

Der Rädelsführer war, wie es so schön heißt, amtsbekannt. Er war ein arbeitsloser Säufer und Randalierer und würde, weil auf Bewährung, sofort an seinen angestammten Platz in der Welser Vollzugsanstalt zurückkehren und den Rest seiner Strafe absitzen. Und einiges würde noch dazukommen. Die Gesellschaft jedenfalls würde auf Robert Vlk, das kommt aus dem Tschechischen, wo seine Großeltern abstammten und heißt passenderweise Wolf, in den nächsten Jahren verzichten müssen, was aber kein großer Verlust war.

Seit der letzten Gemeinderatswahl, wo Wels mit 43% für die weit rechtsstehenden Nationalliberalen einen bedenklichen, demokratiepolitischen Schock erfahren hatte, fühlten sich die Skins im Hoch und solche Übergriffe hatten deutlich zugenommen. Dass es manchmal eben auch unschuldige Inländer erwischte, pflegten einschlägige Kreise mit „Kollateralschäden" oder dem unsäglichen „Wo gehobelt wird, fallen Späne!" zu kommentieren.

Der arme Dumpflinger Taxifahrer würde das Krankenhaus jedenfalls erst nach einigen Wochen wieder verlassen, soviel stand fest.

*

Der angesehene Herr Bürgermeister war, nachdem er seinen anfänglichen Schock verdaut hatte, stinksauer geworden und hatte seinen Lehrling aus dem Büro gejagt. Er musste nachdenken. Und das tat er auch.

Und er kam zu einer Lösung.

Dann rief er Gerfried Vukovic an, Hagens Vater, den freiheitlichen Vizebürgermeister, und bat ihn um ein baldiges Treffen.

*

Einer von Anjas Nachbarn war ein passionierter Jäger. Albert Hofstätter war zudem schon in Pension und hatte daher jede Menge Zeit. Als er noch arbeitete, war er in Wels Berufsschullehrer gewesen, aber seine Passion war und blieb die Jagd. Und er hasste Katzen. Diese Mistviecher verschreckten Hasen und Fasane und wenn man nicht aufpasste, rissen sie auch schon mal ein Reh. Er selbst hatte das zwar noch nie beobachtet, aber seine Jagdfreunde erzählten immer wieder solche Geschichten, und er hatte keinen Grund, das für Jägerlatein zu halten. Nur Ausländer mochte er noch weniger als Katzen.

An diesem Abend, kurz nachdem Franzi sich von Abduls Schoß verabschiedet hatte und auf eine seiner Restauranttouren ging – sprich, er suchte diverse Häuser auf, wo er wusste, dass immer etwas für ihn abfiel – hatte der Hofstätter gerade sein Abendessen hinter sich gebracht. Jägerschnitzel. Seine Lieblingsspeise. Das Rezept war einfach, sagte ein alter Jägerwitz. Du brätst Fleisch, gießt mit Rum und Wein auf, wirfst das Fleisch weg und trinkst den Saft. Ganz so hatte seine Frau es zwar nicht zubereitet, aber ein paar Gläser Most hatte er dazu schon benötigt, und der machte ihn aggressiv. Und wie es der Teufel wollte, und zum Pech des armen Franzi, sah er gerade aus dem Fenster als Franzi sich auf den Weg machte, um zu speisen. Jetzt reichte es aber wirklich.

Der Hofstätter nahm seine Büchse, lud sie, ging vor das Haus und brannte dem Mistvieh noch praktisch vor der Haustüre der Dörflingers eines über. Und zwar ganz und gar unwaidmännisch mit der Schrotflinte, was ihm neben einem Verfahren wegen Allgemeingefährdung und einer saftigen Geldstrafe samt Schadenersatzzahlung auch noch den Spott seiner Jagdkollegen einbrachte und ihn einige Doppler kosten sollte.

Aber jetzt war Ruhe! Dieses Vieh würde keinen Fasan mehr aufschrecken.

Leider hatte zu diesem Zeitpunkt – es war später Nachmittag – gerade ein etwa sechsjähriges Kind trotz der gar nicht so angenehmen Temperaturen im Garten nebenan gespielt, das Zeuge dieser traurigen Szene geworden war und jetzt zu weinen begann.

Abdul hatte den Knall gehört und war vor die Türe gelaufen. Zu seinem Glück hatte der Jäger bereits beide Läufe abgefeuert, sonst – wer weiß? Abdul war schockiert und zornig und ging zum grinsend mit der Büchse in der Hand dastehenden Hofstätter, um ihn zur Rede zu stellen, wozu sein Deutsch aber noch nicht ganz ausreichte. Es entspann sich also eine Diskussion in drei Sprachen: Englisch, Deutsch und Dumpflinger Dialekt, bei dem keiner so recht wusste, was der andere sagte. Dafür war es aber laut, was schlussendlich zu einem veritablen Menschenauflauf führte. Da der Hofstätter alles andere als beliebt war, bildeten sich schnell zwei Parteien, bei der zwar die Mehrzahl gegen den „Araber" Partei ergriff, aber dieser trotzdem nicht ganz alleine dastand. Irgendjemand hatte in der Zwischenzeit wohl die Polizei gerufen, und nach einigen Minuten trafen Ernst und Emilie ein, um nach dem Rechten zu sehen, gerade rechtzeitig, um ein Handgemenge zu verhindern.

Die Beweisaufnahme gestaltete sich einigermaßen schwierig. Als Hauptzeugin fungierte die sattsam bekannte Mimi, die zwar als eine der letzten eingetroffen war, aber natürlich ganz genau wusste, dass der Araber den Hofstätter bedroht hatte, worauf sich dieser natürlich wehren musste.

Dem widersprachen andere „Zeugen", was wiederum „Gegenzeugen" auf den Plan rief, und so weiter, und so fort. Erst als sich jemand die Mühe machte, das immer noch weinende Kind zu trösten, kam die Wahrheit zutage. Der Hofstätter war dann erst mal Waffenschein und Büchsen los und wurde nach einem Alkoholtest, auf dem Anja bestanden hatte, obwohl sie dazu eigentlich kein Recht hatte, auf freiem Fuß angezeigt, was die Beliebtheit Abduls im Ort auch nicht gravierend verbesserte.

Für Franzi kam das alles leider schon zu spät. Der klebte im langsam trocknenden Blut auf der Stiege vor Anjas Haus.

*

Der angesehene Herr Bürgermeister Franz Nagel und sein Vizebürgermeister und Vater seines Lehrlings Gerfried Vukovic, trafen sich an diesem Abend im Haus des Vizebürgermeisters. Nagel hatte einen perfiden Plan ausgeheckt, mit dem er einige Fliegen mit einer Klappe zu schlagen hoffte. Einerseits wollte er diesem missratenen Bengel eines auswischen – er kannte seine Pappenheimer, Vukovic würde schon dafür sorgen, dass der Bengel sein Fett abbekam – und andererseits hoffte er, damit das Problem mit diesem Asylwerber zu lösen, ohne dass an ihm selbst etwas hängenblieb. Schon gar nicht etwas, das mit Uschi Wagner zu tun hatte.

Und so bestand er darauf, mit seinem Vize unter vier Augen zu sprechen, worauf dieser sich mit ihm in sein Arbeitszimmer zurückzog. Bei einem Bier, versteht sich. Oder zwei. Vielleicht auch drei.

Und dann setzte er ihn ins Bild, was den Banküberfall betraf. Gerfried Vukovic' Entsetzen stand ihm ins Gesicht geschrieben. Er sah seinen Sohn schon im Gefängnis, was dem angesehenen Herrn Bürgermeister genau in den Kram passte und in die Hände spielte. Denn jetzt konnte er ihm eine Lösungsmöglichkeit präsentieren, die Hagens Vater unmöglich ablehnen konnte. Der Vizebürgermeister fragte nicht einmal, warum Nagel das tat und nicht einfach gegen Hagen aussagte. Und dem Meister aller Bürger und Tischler kam das gar nicht ungelegen. Je weniger von Uschi möglichst wenig bis nichts wussten, umso besser.

Gerfried Vukovic lehnte den Plan natürlich nicht ab.

Hagen konnte am nächsten Tag allerdings gesundheitsbedingt nicht arbeiten gehen.

*

Dass der Jäger Hofstätter aufgrund seines kleinen Ausrutschers, wie die Jagdkollegen sein Fehlverhalten bezeichneten, jetzt solche Probleme bekommen hatte, musste jemandes Schuld sein. Das fanden zumindest seine waidmännischen Freunde, als er ihnen im Gasthaus abends sein Leid klagte. Auch wenn ihn an und für sich keiner besonders gut leiden konnte ging es doch eindeutig zu weit, dass einer der ihren, der nur seine Jäger-, Pfleger- und Hegerpflicht erfüllt hatte, indem er eine wildernde Katze erschoss, dafür wegen dieses Weibsbildes, dieser Arabernutte, solche Schwierigkeiten bekam.

Sie beschlossen also diesbezüglich etwas zu unternehmen, wobei die Vorschläge in ihrer Radikalität mit zunehmendem Alkoholkonsum korrelierten und nach dem vierten oder fünften Bier oder Most begannen, von der Skurrilität in die Illegalität überzuwechseln. Das hat der Alkohol offensichtlich so an sich, dass er verschüttete Rachegefühle und aus der Steinzeit stammende Urinstinkte durch die sonst schützende Schicht der gesellschaftlichen Normen bei gleichzeitiger Erhöhung des Lautstärkepegels durchbrechen lässt.

Der Alkohol hat aber auch zwei nicht wegzudiskutierende Vorteile. Einerseits fallen die unter seinem Einfluss nach außen gedrungenen geistigen Ergüsse sehr schnell auch einem gewissen Vergessen anheim, vor allem bei und nach stärkerem Genuss dieser Droge. Und andererseits wird selbst der Betrunkenste irgendwann auch wieder einmal nüchtern. Und da die meisten Menschen, da bilden die Jäger keine Ausnahme, im Innersten ihres Selbst Feiglinge und zudem noch fast alle Jäger verheiratet sind, verliefen die oben genannten Pläne am nächsten Tag glücklicherweise alle im Sande – und bei manchen verschwanden sie auch in der Toilette, wo sie hingehörten.

Was blieb war eine immanente Abneigung nicht gegen den Katzenkiller sondern gegen die Katzeninhaberin und ihren vorgeblichen Liebhaber. Zumindest bei den Jägern.

An dieser Stelle muss die Jagdgesellschaft jetzt aber auch etwas in Schutz genommen werden. Die Jagd hat ja auch viele nützliche und schöne Seiten. Sie fördert zum Beispiel den Zusammenhalt unter Gleichgesinnten, wo gesellschaftliche Unterschiede zum Verschwinden gebracht werden, zumindest wenn man vernachlässigt, dass manche begüterte Jäger gewisse Abschussvorrechte haben. Aber das sind minimale Ungereimtheiten, kleine Unregelmäßigkeiten quasi, wenn man das große Ganze betrachtet. Spätestens bei der Jagdpartie nach einer Treibjagd waren alle gesellschaftlichen Zwänge nicht mehr erkennbar.

So war es in Dumpfling beispielsweise ein schöner, alter Brauch, dass man einmal im Jahr eine Entenjagd veranstaltete. Damit diese Jagd von Erfolg gekrönt war, brauchte es dazu? Richtig: Wildenten! Leider waren diese eleganten Wasservögel in den letzten Jahrzehnten immer seltener geworden. Dagegen fand man natürlich eine Lösung. Ein Bauer, der auch ein hoch angesehenes Mitglied der örtlichen Jägerschaft war und ist, beschloss, zum Behufe einer erfolgreichen, herbstlichen Entenjagd diese Wildvögel zu züchten. Das ganze Jahr über hegte, pflegte, fütterte und verhätschelte er seine Wildenten vorbildlichst und freute sich schon, sie zur herbstlichen Jagd rechtzeitig aussetzen zu können, auf dass seine Spezi von der jagenden Zunft möglichst viele erfolgreiche Abschüsse zu verzeichnen hätten. Waidmannsheil!

Der Tag der Jagd kam.

Nun sind bei der Entenjagd auch Jagdhunde ein unverzichtbares Mittel, um die erlegten Vögel zu suchen und den Jägern dann zu Füßen zu legen. Dabei ist es ein unbedingtes Muss, eine waidmännische Vorschrift und eine Ehrensache, dass das Getier nur im Fluge erlegt werden darf. Keinesfalls darf ein rechter Jäger eine Ente einfach am Boden abknallen, wie auch kein Kampfpilot, der etwas auf sich hält, eine feindliche Maschine anderswo als in der Luft attackieren würde.

Die versammelte Jägerschaft stand also im Wald, nahe dem Gewässer, wo der Entenzüchter seine Vögel ausgesetzt hatte. Die Jagd sollte beginnen. Zum allgemeinen Unmut schienen die mittlerweile zahm gewordenen Enten aber absolut nicht zu finden, dass dies ein guter Tag zum Sterben sei, wie seinerseits der Siouxhäuptling Sitting Bull, und beschlossen, diesen Tag lieber am Boden zu bleiben, denn sich elegant in die Lüfte zu erheben. Da halfen auch keine Warnschüsse und kein lautes Gebrüll der Jäger. Da konnten nur noch die Hunde helfen, die man zu diesem Zwecke in die friedlich Körner pickende Entenschar jagte.

Der beste Freund des Menschen ist das unter anderem deshalb, weil er lernt, zu gehorchen. Und diese Hunde wussten, was von ihnen erwartet wurde: BRING DIE ENTE! Und so kam es, dass bei dieser Jagd auf die zahmen Enten kaum ein Schuss fiel, weil die gesamte Entenflotte einem konzertierten Angriff der vierbeinigen Fußtruppen zum Opfer fiel, bevor sie fliegend fliehen konnte oder wollte.

Es war ein grausames Gemetzel aus hündischem Geheul, entlichem Geschnatter, fliegenden Federn und zerfetzten Vogelleibern. Die Hunde standen am Ende vor ihren Herren, mit den Enten im Maul, und schienen mit ihren treuen Augen zu sagen: „Melde gehorsamst Herr Oberst, gesamtes feindliches Geschwader am Boden vernichtet! Keine Gefangenen!"

Es war wahrlich kein Tag, an dem sich die Dumpflinger Jagdgesellschaft ein Ruhmesblatt verdient hatte, und so beschloss man, ohne dies explizit auszusprechen, darüber auch nie mehr nur ein Wort zu verlieren, sich ins Wirtshaus zu begeben und – erraten – den Unmut zu ertränken.

*

Anja war indes sehr traurig über den Verlust ihres geliebten Franzi. Dabei hatte er noch die Gnade eines schnellen Todes gehabt. Wenn der Hofstätter nicht so betrunken gewesen wäre, wer weiß, ob er nicht einfach seinen Hund auf den armen Kater gehetzt hätte?

Als sie mit Abdul gerade zu Abend aß – es gab mit Rahm überbackene Erdäpfelnudeln mit grünem Salat und als Nachspeise Apfelmus, während der arme Exbürgermeister Steinbrecher an diesem Abend in der Strafvollzugsanstalt Wels vor seinem genauso schmeckenden wie aussehenden Linseneintopf saß und lustlos darin herumstocherte, was Anja aber nicht wissen konnte (und was sie auch kaum interessiert hätte) – läutete es an der Türe. Das war mittlerweile nötig, weil Anja aufgrund der letzten Vorkommnisse jetzt begonnen hatte entgegen der üblichen Gepflogenheiten ihre Türe zuzusperren. Sie ging also zur Haustüre um nachzusehen, wer da etwas von ihr wollte und sah zu ihrer großen Überraschung den Vizebürgermeister Vukovic vor sich. Natürlich wusste sie von seiner rechten Gesinnung, die sich in manchen Fällen schon sehr am Rande des gerade noch gesetzlich Erlaubten bewegte, was aber in seiner Partei zum guten Ton zu gehören schien. Umso überraschter war, wie man sich denken kann, die Flüchtlingsgastgeberin Anja. Sie rechnete daher damit, sich von ihm das übliche stumpfsinnige Heimatpalaver anhören zu müssen. Es kam aber ganz anders.

Gerfried Vukovic grüßte freundlich und fragte, ob er hereinkommen dürfe, weil das, was er zu sagen hätte, nun also, das müsse man nicht unbedingt zwischen Tür und Angel besprechen, aber nur wenn es ihr nichts ausmachen würde, ja?

So bat sie ihn also, ihr in die Stube zu folgen und sich zu ihnen – ihrem Gast Abdul und sich – zu setzen und bot ihm ein Glas Most oder Bier an. Gerne, meinte er, aber noch lieber wäre ihm ein Kaffee, irgendwie sei er sehr müde. Aber bitte etwas später, zuerst wolle er etwas loswerden.

Also, die Sache sei diese, hub der Gast an, er habe in den letzten Tagen zu seinem großen Bedauern mitbekommen, wie sehr man Anja zusetze, wobei sie doch nur eine menschliche Tat gesetzt habe, dazu auch noch das mit der Katze, also nein, das wäre wirklich das Letzte und so hätten Bürgermeister Nagel von der ÖVP und er von der FPÖ also beschlossen, diesem Treiben entgegenzuwirken und ein

Zeichen zu setzen, dass der Asy... ähm also ihr Gast im Ort natürlich willkommen sei. Schließlich könne ja keiner etwas dafür, dass in seiner Heimat Krieg herrsche.

Daher wäre es nur angebracht, wenn sie einverstanden sei, dass man am nächsten Sonntag nach der Kirche, Abdul sei dazu herzlich eingeladen, schließlich sei der Allah auch nur ein anderer Name für den Herrgott, also dass man am nächsten Sonntag im Gasthaus einen kleinen Umtrunk, für alle Nichtalkoholiker gerne auch mit Saft, veranstalten möchte, um ihn ganz offiziell seitens der Gemeinde in der selben willkommen zu heißen. Der Bürgermeister und er erhofften sich von diesem öffentlichen Akt der Versöhnung, dass damit Ruhe in der beschaulichen Landgemeinde einkehre, nicht wahr?

Anja und Abdul wussten nicht, ob sie sich mehr wundern oder freuen sollten, und so taten sie beides.

Ja, und jetzt wäre ein Kaffee wirklich nett, wenn es Anja nichts ausmachen sollte? Nein, natürlich nicht. Anja ging in die Küche, um welchen aufzusetzen.

Derweil entspann sich zwischen dem Vizebürgermeister und Abdul ein harmloses Gespräch. Wie es ihm im schönen Österreich gefiele? Wie er sich mit der deutschen Sprache täte – oh ja, man merke, dass er schon viel gelernt habe. Und ob Abdul ihm vielleicht sein Zimmer zeigen könnte? Ja? Das wäre aber nett. Und so gingen sie die Stiege hinauf, wo Abdul dem netten Herren von der Gemeinde sein sauberes und ordentlich aufgeräumtes Refugium stolz präsentierte. Als Abdul einen Moment nicht aufpasste, schob der Vizebürgermeister unbemerkt ein kleines Geschenk unter die Couch.

Danach saßen sie noch etwa eine halbe Stunde gemütlich bei Kaffee und Kuchen. Anja hatte immer einen Kuchen parat. Man weiß ja schließlich nie, wer zu Besuch kommt …

6

Als Sunny am späteren Abend mit Anja telefonierte, schien er sehr verwundert über den offensichtlichen Gesinnungswandel in der Dumpflinger Hochpolitik. Irgendwas war da gehörig faul, dachte er sich, sagte Anja aber nichts davon. Man musste sie nicht unnötig verunsichern, wenn man selbst außer einer vagen Ahnung nichts Handfestes vorzuweisen hatte.

Daher beschloss er, wieder einmal seinen Neffen zu kontaktieren, der ihm schon bei der Ermittlung im Wasserskandal mit seinen bemerkenswerten Computerfähigkeiten geholfen hatte. Er selbst konnte für ihn mittlerweile zwar keine Strafzettel mehr verschwinden lassen, aber seine Kontakte zu Ernst Lindmannsberger waren diesbezüglich genauso hilfreich. Und so rief er nun seinen Neffen an und fragte, ob es grundsätzlich möglich sei, auf einem Handy eine Applikation zu installieren, die alle Tätigkeiten auf diesem Handy protokollieren an seine Email senden würde. Er hätte einmal von etwas in der Art gelesen, wisse aber nicht, ob das tatsächlich ginge.

Sein Neffe lachte. Das sei überhaupt kein Problem, allerdings müsste irgendjemand die betreffenden Smartphones entweder kurz in die Finger bekommen oder man müsste die betreffende Person dazu animieren, diese App selbst zu installieren. Noch einfacher wäre es, wenn die Personen ihre Handies mit ihrem PC synchronisieren würden, was viele taten, schon der Datensicherung wegen. Dann würde es reichen, den PC zu hacken. Der würde bei der nächsten Synchronisierung die Applikation dann im Hintergrund am Handy installieren und zugleich könne man das Backup am PC auch gleich kopieren. Die wenigsten User vergäben hier Passwörter, eigentlich eine wahnsinnige Leichtfertigkeit. Ob er eine Möglichkeit sähe, den betreffenden Personen ein Email zu senden und sie dazu zu bringen, den Anhang zu öffnen? Das ginge am Schnellsten. Sonst wäre es deutlich umständlicher.

Sunny sagte ihm, dass er einen Grund und einen Weg für ein derartiges Email finden würde. Bug – so nannten alle in der Szene seinen Neffen – sollte ihm einfach den mitzusendenden Anhang schicken. Sein Neffe meinte, wenn Sunny ihm das Dokument, das er anhängen würde, vorher kurz überließe, dann würde er einen Trojaner dort verstecken, den die aktuellen Virenscanner nicht erkennen könnten.

Also schrieb Sunny einen Werbefolder für seine Detektei, mit einem Hinweis auf ein Gewinnspiel. Jeder, der ihm die korrekte Zahl, nämlich wie oft in der Einladung das Wort „Detektiv" vorkomme, per Email zurücksenden würde, könnte einen Gutschein für eine Detektivleistung im Wert von 500,- EUR gewinnen. Sein Neffe versteckte in der Word-Einladung den Trojaner. Das Mail sandte er mit BCC an genau drei Leute, alle drei antworteten innerhalb einiger Stunden korrekt: „3 mal". Er warf die Antworten weg.

*

Weder dem angesehenen Herrn Bürgermeister Nagel noch seinem Vizebürgermeister Vukovic fiel auf, dass die Synchronisierung ihres iPhones am nächsten Morgen – sie steckten es immer morgens an ihrem Arbeitsrechner an, damit der Akku geladen und es auch gleich über iTunes gesichert und mit Outlook synchronisiert wurde – etwas länger dauerte als normal. Die in iTunes in der Statuszeile sichtbare Meldung „Eine neue Anwendung wird installiert" fiel ihnen ebenfalls nicht auf. Das war die einzige Schwachstelle in Bugs Hack. Sie ließ sich leider nicht vermeiden.

Kurz danach war kein Email, kein SMS, keine Aktivität auf ihrem PC und auf ihrem Handy mehr privat. Von allem und jedem sendeten die Geräte brav und unbemerkt einen Statuseintrag samt Kopie des Inhaltes der Nachrichten auf Bugs dafür eingerichteten Protokollserver. Den zusätzlichen Datentransfer merkte aufgrund der Flatrate auch niemand, und eine Firewall, die das hätte bemerken oder verhindern können, hatte ebenfalls keiner von den Betroffenen installiert.

Lediglich Hagen Vukovics Handy blieb davon unberührt. Er legte keinen Wert auf eine Synchronisierung seines Mobiltelefons mit dem PC. Und so war in seinem Fall nur der PC infiltriert.

Sunny, der das Passwort für den Protokollserver von seinem Neffen bekommen hatte, fand, dass er wohl tatsächlich ein ganz brauchbarer, wenngleich nicht ganz gesetzestreuer Privatdetektiv sei. Dies schien ihm aber eine lässliche Sünde, wenn man in Betracht zog, dass es darum ging, ein Verbrechen aufzuklären.

*

Das Gespräch zwischen Hagen und seinem Vater war alles andere als erfreulich für den auf die schiefe Bahn geratenen Jungen geworden. Sein Vater hatte ihm auf den Kopf zugesagt, dass er die Bank überfallen hätte und dass der Nagel das wüsste. Sie hätten aber beschlossen, das nach Möglichkeit zu vertuschen. Nicht um des Jungen willen, du Trottel gehörst eh ins Häfen, aber es stünde der Ruf der Familie auf dem Spiel. Und Mama würde sich fürchterlich schämen, erführe sie davon.

Gerfried Vukovic sagte ihm das allerdings nicht so ruhig, wie es hier geschrieben steht. Vielmehr bläute er es ihm so richtig ein, und zwar im wortwörtlichen Sinne. Das war auch der Grund, warum der unglückliche Bankräuber am nächsten Tag wie bereits erwähnt unmöglich arbeiten gehen konnte, was aber dem Tischlermeister Nagel ganz recht war.

Der hatte nämlich mit Hagens Vater eine Art Bündnis geschlossen, wie Hagen heil aus der Sache herauskommen und seine Lehre beenden könne.

Als Hagen seine fürchterlichen Prügel bezog, versuchte er, sich wenigstens etwas Luft zu verschaffen und erzählte seinem Vater, was er im Wald beobachtet hatte. Der hielt kurz inne, überlegte – und schlug weiter zu. Man muss das hier nicht in allen Einzelheiten beschreiben. Am Ende stand die Übereinkunft, wobei Hagen daran nicht wirklich viel hätte ändern können, selbst wenn er das gewollt hätte, dass Hagen ab sofort Hausarrest hatte, sein Auto bis auf weiteres konfisziert wäre und sein Vater „das irgendwie richten würde."

Zudem prügelte Gerfried Vukovic aus seinem Sohn auch den Grund für den Überfall heraus, nämlich dessen Spielsucht. Er erklärte seinem Sohn mit weiteren, auch am nächsten Tag (und den folgenden Tagen) noch gut sichtbaren Argumenten, dass er ihm wirklich nicht raten würde, auch nur noch ein einziges Mal online oder sonst irgendwo um Geld zu spielen. Sollte er ihm draufkommen, würde er ihn totschlagen.

Und Hagen hatte keinen Zweifel daran, dass sein Erzeuger dazu fähig wäre.

Das alles spielte sich natürlich vor des Vizebürgermeisters Versöhnungsbesuch bei Anja ab, soll des besseren Verständnisses wegen aber doch erwähnt werden.

*

Abdul hatte sein Zimmer kurz vor dem Besuch des Vizebürgermeisters gereinigt und auch unter der Couch gesaugt. Sonst wäre ihm das Paket sicher nicht entgangen. So aber ging er an diesem Abend früh schlafen. Anja hatte ihm schon vor einiger Zeit erklärt, dass nicht alle im Ort damit einverstanden wären, dass er bei ihr wohnen würde. Dass es Ausländerhass gebe, Ressentiments, die zumeist jeder rationalen Grundlage entbehren würden. Und unter anderem hatte sie dabei auch Leute wie den Herrn Vukovic erwähnt. Anscheinend hatte sie sich zumindest bei ihm getäuscht, dachte Abdul. Er hoffte, dass das auch für die restlichen Dumpflinger gelten würde, sprach sein Abendgebet, legte sich nieder und dachte noch lange an seine Familie in der Osttürkei, bevor er schließlich einschlief.

Wenn er gewusst hätte, was da unter seiner Couch lag, hätte er wohl kaum schlafen können.

7

Seit seinem Gespräch mit dem Vizebürgermeister hatte der angesehene Herr Bürgermeister Nagel nichts mehr von Gerfried Vukovic gehört. Wenigstens Bescheid geben hätte der doch sollen, ob ihr Plan hatte durchgeführt werden können! Da er das wissen musste, bevor er weitere Schritte einleiten konnte, versuchte er ihn anzurufen, aber Vukovic hob nicht ab. Also beschloss er, ihm eine SMS zu senden:

„Paket beim Asy abgeliefert?"

Das musste reichen. Mehr wollte er nicht hinterlassen, zumindest nicht als SMS.

Es war auch so genug.

*

Die Protokollapplikation auf sowohl Nagels als auch Gerfried Vukovics Handy speicherte den nicht erfolgreichen

Anruf und die erfolgreich zugestellte und empfangene SMS pflichtschuldigst und umgehend am Protokollserver ab.

Sunny war zu diesem Zeitpunkt allerdings nicht online. Er hatte beschlossen, dass jeder einmal ein paar Stunden Freizeit verdient hat, und war nach Linz gefahren, um mit seinem Freund ein paar nette Stunden zu verbringen. Was auch durchaus zu seiner Zufriedenheit funktionierte.

Er blieb die ganze Nacht bei seinem Freund und fuhr erst am nächsten Morgen zurück nach Ganshofen.

Beinahe zu spät, wie sich herausstellen sollte.

*

Gerfried Vukovic nahm sein Mobiltelefon nie mit, wenn er Stockschießen ging. Und das war mindestens zweimal die Woche der Fall, denn am Montagabend und am Freitagabend war Training der lokalen Stockschützen. Manchmal kam ihm eine Gemeinderatssitzung dazwischen, aber sonst brachte ihn kaum etwas dazu, das Stockschießen – Eisstockschießen war es nur im Winter, aber das war schon vor langer Zeit ein Ganzjahressport geworden – zu versäumen.

Seine Mannschaft bestand aus vier Schützen, und sie waren in der Bezirksliga immer knapp daran, Meister zu werden und aufzusteigen, was aber bislang noch nie gelungen war. Vielleicht heuer. Sie waren wirklich gut. Mit Schaudern dachte er an diese Spaßmeisterschaft voriges Jahr zurück. Der Stocksport wird in Österreich ja olympisch betrieben, mit speziellen Sportgeräten, die mit den alten Birnstöcken auf holprig gefrorenen Teichen so viel zu tun hatten wie ein Formel Eins Rennwagen mit einer Scheibtruhe.

Im Vorjahr war aber irgend eine Flasche auf die glorreiche Idee gekommen, kurz nach Weihnachten ein Turnier mit den alten Birnstöcken auf einem Teich zu veranstalten. Turnier der Vereine! Es hatten alle Vereine mindestens eine Moarschaft gestellt, Feuerwehr, Musikkapelle, Tennisverein, einfach alle! Also alle Männervereine, die Weiber hatten am Eis nichts verloren. Noch nicht. Gott sei Dank! Favorisiert waren aber die Jäger und natürlich und vor allem auch seine Meisterschaftsmannschaft, und eventuell vielleicht auch noch das Team der Landjugend, das ebenfalls Meisterschaftserfahrung hatte. Die Landjugend hatte gleich mit zwei Moarschaften teilgenommen, wobei die Jungen, also die zweite Mannschaft, von allen belächelt wurden. Der älteste war ausgerechnet sein damals noch nicht einmal achtzehnjähriger Sohn Hagen gewesen, der jüngste war keine sechzehn. Keiner von denen konnte stockschießen.

Aber irgendwie hatten die das Glück gepachtet. Und so kam es im Semifinale zum Aufeinandertreffen der

Landjugend 2, also der Jungen und der hoch favorisierten Mannschaft der Landjugend 1. Und weil nicht sein kann, was nicht sein darf, um Eugen Roth zu zitieren, erging seitens der Einsermannschaft an die Jungen die Order, als Bitte formuliert, man möge sich da nicht gegenseitig weh tun, und überhaupt hätte im Finale sowieso nur die Einsermannschaft eine Chance, weil ja das Glück – eh schon wissen – ein Vogerl ist und auf Dauer *kann* man einfach nicht *nur* auf Glück setzen. Da braucht es schon auch etwas Können! Also Burschen, lasst uns einfach gewinnen, okay? Dafür zahlen wir euch dann auch ein Bier, selbstverständlich, oder zwei!

Die Jungen zeigten den Alten den Vogel und im Semifinale auch gleich noch, dass der mostholende Bartl offensichtlich doch ein junges, treusorgendes Vogerl sein müsse und zogen knapp und mit Glück in das Finale ein, wo – natürlich – die Spezialisten um den damals noch einfachen Gemeinderat Gerfried Vukovic warteten, die die Jäger ebenfalls knapp eliminiert hatten, welche daraufhin schon mal ins Wirtshaus gingen, um den Frust hinunterzuspülen. Es war nicht das Jahr der Jäger, wirklich nicht.

Und dann kam, was kommen musste. Sein eigener Sohn ordnete als Moar in der ersten Kehre, als alle Stöcke der Profis näher bei der Taube waren als der beste der Jungen, einen vollkommen unmöglichen Schuss über zwei Abpraller auf die Taube an. Der Sechzehnjährige, der als einziger verbliebener Stock der Jungen noch dran kam, wusste aber nicht, dass der Schuss unmöglich war und tat, was ihm geheißen. Die Taube flog zurück zu den Stöcken der Jungen. Und die führten 9:0, weil die beiden letzten Stöcke der „Profis" an dieser Konstellation zerschellten.

Am Ende war es ein 27:3 für die Jugend, die das Turnier damit gewann und den Profis die peinlichste Abfuhr in ihrer Geschichte verpasste, die man vielleicht am besten mit einem 1:5 von Rapid Wien gegen eine Bezirksmannschaft gleichsetzen könnte, um eine fußballerische Äquivalenz zu strapazieren.

Dass die Rache der Besiegten in vier veritablen Alkoholvergiftungen der Sieger resultierte, die einfach alles wegsoffen, was ihnen die Verlierer zahlten, und innerhalb einer Stunde sternhagelvoll waren, ist eine andere Geschichte. Und auch die Jäger wollten da nicht zurückstehen und zeigten, dass sie ihre waidmännisch grünen Spendierhosen anhatten.

Das Turnier aber würde nie wieder in dieser Form stattfinden.

Trotzdem hatte das dem Herrn Vizebürgermeister die Lust am Stockschießen nicht nehmen können, und so sah er dann auch die Nachricht am Mobiltelefon erst, als er nach dem Training samt folgendem Bierchen spätabends nach Hause kam. Er schrieb zurück:

„Alles klar. Der wird sich wundern!"

Dann ging er zur wohlverdienten Ruhe und schlief bald ein, ohne vom schrecklichsten aller Turniere zu träumen. Stattdessen träumte er aus unerfindlichen Gründen von seiner Hochzeit, und das war fast genauso schlimm gewesen, nur folgenreicher.

*

Sunny und der angesehene Herr Bürgermeister lasen am nächsten Morgen, also Samstag, ziemlich zugleich das SMS des Vizebürgermeisters und Stockschützen Vukovic. Der Sunny am Protokollserver, der zweitere am Mobiltelefon.

Während Franz Nagel daraufhin sein Telefon auf Rufnummernunterdrückung stellte und beim Posten in Ganshofen einen anonymen Hinweis hinterließ, was Sunny ebenfalls sofort sah, wusste Sunny anfangs nicht viel damit anzufangen, beschloss aber, hier nichts dem Zufall zu überlassen und setzte sich augenblicklich ins Auto, um zu Anja und Abdul zu fahren.

*

Um der Sache eine entsprechende Breitenwirkung zu geben, rief der angesehene Herr Bürgermeister auch gleich noch die Lokalredaktion der kleinformatigen Zeitung an, die irgendwie doch alle lesen, auch die, die das abstreiten, und hinterließ auch dort einen Hinweis, dass in Kürze der Bankräuber in Dumpfling wohl verhaftet werden würde. Na, ob das nicht einen Reportereinsatz wert wäre? Vielleicht mit Fotografen?

Natürlich war es das.

Und wieder einmal erlebte Dumpfling, durch das sonst pro Tag weniger Autos fuhren als Bruce Willis Haare am Kopf hat, einen Beinaheverkehrskollaps, als Sunny, die Polizei samt Einsatzkommando, das die eifrige Emilie gleich benachrichtigt hatte, ohne Ernst vorher lange zu fragen, und natürlich die Abordnung der Zeitung mit ziemlicher Geschwindigkeit nach Dumpfling bretterten.

*

Sunny traf Minuten vor den anderen bei Anja ein, läutete Sturm, und unterbrach Anja, als sie ihn grüßte und fragte, was es gäbe, sofort:

„Wo ist Abduls Zimmer?"

Anja war viel zu konsterniert, um weiter zu fragen und erklärte Sunny nur, dass das Zimmer die Stiege hinauf wäre, worauf dieser die Beine in die Hand nahm, natürlich nur im übertragenen Sinne, und hinauf stürmte, Abduls Zimmer ohne Klopfen enterte und zu suchen begann. Abdul stand mit offenem Mund da und war viel zu überrascht, um irgendetwas zu sagen oder gar Fragen zu stellen. Diese Österreicher waren wirklich verrückt, daran hatte er schön langsam keinen Zweifel mehr.

Sunny war lange genug Polizist gewesen, aber noch viel länger schon sah er Kriminalfilme im TV, sodass er ohne viel zu überlegen ahnte, wo man ein Beweismittel verstecken würde, wenn man jemanden eines unterschieben wollte. Und nach kaum zwei Minuten hatte er das Päckchen unter der Couch entdeckt und in seine Tasche geschoben, als es unten schon wieder läutete.

„Kein Wort darüber, Abdul, wenn du nicht ins Gefängnis willst!", raunte er diesem noch zu und ging dann schnell aus dem Zimmer und auf die Toilette. Und da stürmte auch schon das Einsatzkommando angeführt von Emilie die Stiege herauf und in Abduls Zimmer.

Das Einsatzkommando untersuchte jeden Quadratmillimeter von Abduls Zimmer. Natürlich erfolglos. Sunny hingegen hatte das Paket auf der Toilette unter seinem Hemd gut verstaut und verließ diese mit einem durchaus überzeugend gespielten, erstaunten Gesichtsausdruck.

„Was ist denn da los? Kommt ihr jetzt jeden Tag? Glaubt's, das ist eine Buschenschank, die gerade ausgesteckt hat, Kollegen?"

Emilie kannte Sunny ja von der Bäckereikipfelaffäre, und sie wusste selbstverständlich, dass er nicht mehr bei der Polizei war und wies ihn daher zurecht, dass der Begriff „Kollegen" nicht angebracht wäre. Und überhaupt – was mache er hier?

Doch Sunny war bekanntlich noch nie sonderlich auf den Mund gefallen:

„Mädel, tut mir leid. Wie konnte ich dich als Kollegin bezeichnen. Unverzeihlich! Jetzt sehe ich erst, wie es hinter deinen Ohren noch grün hervor blitzt! Übrigens – wie hat das Kipfel damals geschmeckt?"

Es ist nicht besonders angenehm, wenn man in so einer Situation anstatt einer moralischen Rückendeckung von den Kollegen nur Gelächter erntet. Aber genau das passierte der bedauernswerten Emilie. Und Sunny erreichte damit, was er wollte: Seine Anwesenheit war nicht mehr Thema weiterer Fragen. Das war ihm das in Zukunft sicher nicht gerade freundschaftliche Verhältnis zu „Blondie", wie er sie insgeheim nannte, wert.

Und so ging Sunny seelenruhig mit dem vom Vukovic nun völlig umsonst deponierten Paket aus Anjas Haus, setzte sich in sein Auto, fuhr nach Ganshofen, packte es aus und überlegte, was er mit der Waffe, von der er sicher war, dass es sich um die Tatwaffe des Überfalls handelte, tun sollte.

*

Emilie hatte einen hochroten Kopf, als sie sich bei der stinksauren Anja und vor allem beim offensichtlich völlig ratlosen Abdul entschuldigte. Natürlich hatte das Einsatzkommando außer einem abgegriffenen Koran absolut nichts Verdächtiges gefunden und musste somit völlig unverrichteter Dinge wieder abziehen.

Anja machte ihrem Ärger jedoch gehörig Luft. Ernst Lindmannsberger aber dachte sich, dass das seine übereifrige Kollegin ruhig selbst auslöffeln sollte, was ihnen ihre Schnellschussaktion eingebrockt hatte, und wartete derweil draußen.

Anja Dörflinger war normalerweise eine ruhige, überlegte und ausgeglichene Frau. Aber diesmal hörte man sie selbst einige hundert Meter entfernt noch brüllen. Und schlussendlich war sie sehr knapp daran, eine Anzeige wegen Amtsehrenbeleidigung auszufassen. Lediglich Ernst, der dann doch nochmal ins Haus ging, um die Gemüter zu beruhigen, war es zu verdanken, dass die Situation nicht vollends eskalierte. Man darf in Österreich zu Amtspersonen nicht ganz so offen sagen, was man sich denkt, wie zu gewöhnlichen Menschen. Das Delikt „Amtsehrenbeleidigung" kommt noch aus der Kaiserzeit, wo ein Herr Rat oder ein Herr Wachtmeister noch eine Respektsperson war. Seitdem stehen diese eben unter

Artenschutz wie ein Tormann im Fünfmeterraum. Wenn sie die Uniform ausziehen oder die Amtstüre schließen, dann darf man ja eh. Aber nicht während sie im Dienst sind oder vielleicht gar arbeiten, was noch lange nicht dasselbe ist.

Als „die scheiß Pflasterhirschen samt der depperten Parkplatzwachtel", wie Anja sich ausdrückte, also das Einsatzkommando mit Emilie, dann endlich und unverrichteter Dinge wieder abgerauscht waren, beschloss Anja, die Sache diesmal nicht auf sich beruhen zu lassen und erinnerte sich an den Anwalt ihres verstorbenen Mannes, den Doktor Heinz Prillinger aus Wels.

Sie rief ihn an und schilderte ihm die Situation.

8

Der Doktor Prillinger wurde von allen, die ihn kannten, nur „Brüllinger" genannt. Das war seinem sonoren und sehr durchdringenden und lauten Bass gewidmet, der ihm bei Verhandlungen ganz automatisch ein entsprechendes Auftreten verlieh. Seine Spezialität waren Ehescheidungen. Da in Österreich ja nach etwa zehn Jahren im Schnitt vier von zehn Ehen geschieden waren, hatte er ein sehr angenehmes Auskommen mit dem Einkommen. Wenn er zu Hochzeiten geladen war, pflegte er stets schöne Geschenke mitzubringen und sie mit den Worten zu überreichen:

„Wenn ihr euch irgendwann mal streitet, wer es behalten darf, bin ich gerne behilflich!"

Natürlich versicherte man ihm bei jeder Hochzeit, soweit würde es in *diesem* Falle nie kommen, was er aber mit einer beeindruckenden Vorhersagefähigkeit oft insgeheim schon besser wusste. Und meist gab ihm die Zeit recht.

Er hatte zwar seine Kanzlei in Wels aber ein sehr schönes Haus in Kulmbach, ein Gebäude, das mit dem Begriff „Anwesen" wohl treffender zu bezeichnen wäre. Wer sich noch an den Gerichtsmediziner Turtler, genannt Turteltäubchen erinnert, der den so tragisch hingeschiedenen Leo Dörflinger damals untersuchen musste, dem sei gesagt, dass Dr. Prillinger sein Haus in direkter Nachbarschaft zu dessen Villa hatte. Sozusagen im Armenviertel von Kulmbach. Und genau dort erwischte ihn auf seinem Mobiltelefon Anjas Anruf, nachdem sie in seiner Kanzlei nur den Anrufbeantworter erreicht hatte. Brüllinger verstand es durchaus, sein Leben zu genießen, was ihm mit seinen fast sechzig Jahren wohl kaum jemand übelnehmen konnte. Und so war er schon lange nicht mehr jeden Werktag in seiner Kanzlei, so wie früher.

Stattdessen hatte er sich gerade über den Gartenzaun mit dem ebenfalls blau machenden Turteltäubchen über ihr beider Handicap beim Golf unterhalten und – wie es seine

Art war lauthals – betont, sein Handicap sei schlicht und einfach sein Golfspiel, hohoho.

Unser arbeitswütiger Anwalt hob ab, als das Mobiltelefon nun schon das zweite Mal klingelte und war irgendwie sogar freudig überrascht, als er hörte, wer ihn da sprechen wollte.

„Ja hallo Anja, lange nichts von dir gehört. Eigentlich seit der Beerdigung nicht mehr. Wie geht es dir?"

Anja erläuterte ihm, dass es natürlich immer noch schwer sei, und auch noch länger sein würde, dass Leo nicht mehr war, aber dass sie den Blick nach vorne richte und es schon irgendwie gehen würde.

Und dann setzte sie ihn über die Situation mit Abdul, den Beschmierungen, dem zerstochenen Reifen, der Verhaftung und dem völlig überzogenen Polizeieinsatz ins Bild. Und was man da tun könne, weil es so keinesfalls weitergehen dürfe.

Brüllinger beschloss, dass man diesen Sachverhalt nicht am Telefon klären könne, und bot Anja an, kurz vorbei zu kommen.

*

Gerfried Vukovic konnte genauso wenig wie der angesehene Herr Bürgermeister fassen, dass der

Polizeieinsatz ein völliges Desaster gewesen war. Er war nahe daran gewesen, Emilie zu fragen, ob sie nicht unter der Couch nachgesehen hätten, als ihm gerade noch rechtzeitig einfiel, dass das wohl keine grandiose Idee gewesen wäre.

Franz Nagel war indes froh, dass die ziemlich angesäuerten Leute von der Zeitung nicht wissen konnten, wer ihnen diesen idiotischen Tipp gegeben hatte, der sich als vollkommener Flop erwiesen hatte. Nun, vielleicht doch nicht, dachte ein Reporter, man könnte zumindest aus dem überzogenen und anscheinend total danebengegangenen Polizeieinsatz noch eine Story machen. Als man in der Redaktion das Bildmaterial sichtete, war der Aufhänger gefunden. Der Fotograf hatte die Ratlosigkeit im Gesicht dieser jungen, blonden Polizistin perfekt eingefangen.

Und so zierte ihr Bild am nächsten Tag das Titelblatt unter der wenig erfreulichen Überschrift „Mit zwei Polizeistiefeln ins Fettnäpfchen!"

Das wussten Nagel und Vukovic zu diesem Zeitpunkt natürlich noch nicht und diskutierten darüber, was da schiefgelaufen wäre. Weil sie zwar hundsgemeine Lumpen aber nicht dumm waren, kamen sie zum Schluss, dass das vom Vizebürgermeister deponierte Päckchen wohl schon vorher entdeckt worden sein müsse und dass zumindest

Anja nun sicher wisse, was es mit dem Besuch des Vizebürgermeisters auf sich gehabt hatte.

Das machte ihre Situation nicht gerade einfacher. Sie kamen aber zu der Conclusio, dass Anja daraus wohl kaum Schlüsse ziehen könne, die auf den wahren Täter hinweisen würden.

Trotzdem wäre es vermutlich besser, Anja in nächster Zeit aus dem Weg zu gehen.

*

Sunny hatte nachgedacht.

Die Waffe war heiß, das war ihm klar. Es gab hier nur zwei vernünftige Möglichkeiten. Entweder er entsorgte sie, oder er ermittelte den wirklichen Täter und schob sie diesem unter. Was dabei schiefgehen konnte, leuchtete ihm ein. Und so beschloss er, dass es vor allem für Anja und Abdul am besten wäre, wenn die Waffe so schnell nicht mehr auftauchte.

Zuerst aber nahm er Fingerabdrücke. Leider stand ihm der Zugang zur polizeilichen Kartei nicht mehr zur Verfügung, aber bei der dilettantischen Ausführung des Überfalls ging er sowieso davon aus, dass der Täter noch nicht ermittlungstechnisch aufgefallen war. So einen Trottel wie den hätten sie sonst sicher schon aus dem Verkehr gezogen.

Nachdem er die Abdrücke genommen und gescannt hatte, fuhr er in die Au und warf die Waffe in weitem Bogen in die Traun, die aufgrund des Kraftwerks ein paar hundert Meter weiter flussabwärts dort tief genug war, damit sie niemand je finden würde.

Seinem Neffen schickte er die gescannten Fingerabdrücke mit der Bitte, einmal nachzuforschen, ob diese registriert wären, ein Versuch, der erwartungsgemäß nichts einbrachte.

Dann fuhr er noch einmal zu Anja.

Sunny und Brüllinger kannten sich nicht. Bis zu diesem Abend. Das Zusammentreffen war auch da zufällig, wobei, wenn man es genau betrachtet, natürlich die äußeren Gegebenheiten das Zufallsargument ad absurdum führten. Es war, einigen wir uns darauf, also scheinbar zufällig. Jedenfalls kamen sie beinahe gleichzeitig bei Anja Dörflinger an, und weil der ältere Anwalt nicht mehr ganz so schnell zu Fuß war, standen sie schlussendlich zeitgleich an Anjas Haustüre und klingelten, sich dabei abschätzend, aber durchaus nicht abschätzig, betrachtend.

Als die Frau des Hauses die Türe öffnete, war sie zwar kurz überrascht, bat dann aber beide herein, nicht ohne sie vorher einander bekanntzumachen und festzustellen, dass man unter diesen sechs Augen ganz offen reden könne – sie beide würden ihr vollstes Vertrauen genießen und dürften sich daher bitte auch gegenseitig ruhig vertrauen.

Heinz Prillinger erklärte vorweg, dass er sich keine großen Erfolgsaussichten davon verspräche, die Polizei zu verklagen. Im Rahmen ihrer Ermittlungstätigkeiten dürften sie durchaus Hausdurchsuchungen durchführen, auch ohne richterlichen Befehl, sofern sie Gefahr im Verzug glaubhaft machen könnten, was bei einem bewaffneten Bankraub nun einmal recht offensichtlich der Fall sei, wenn die Ermittlungsbeamten Grund zu der Annahme hätten, dass der Täter sich im Haus aufhielte.

Was er aber auf jeden Fall machen würde, sofern Anja ihm dazu grünes Licht gäbe, sei, der betreffenden, übereifrigen Polizistin eine Dienstaufsichtsbeschwerde anzuhängen, auf dass sie in Zukunft etwas sensibler vorgehen möge.

Anja meinte, sie würde sich das noch überlegen, und sah Sunny an, von dem sie immer noch nicht wusste, warum er noch einmal vorbeigekommen war. Und das war, wenn man so will zwar kein Stichwort, aber eine Art Stichblick, auf den hinauf dieser zu erzählen begann.

Wie wir wissen, hatte er einiges zu erzählen.

*

Hagen Vukovic durchlebte furchtbare Tage. Der missglückte Bankraub und die drohende Entdeckung hing wie ein Damoklesschwert über seinem Kopf, auch wenn er nicht hätte erklären können, was ein Damoklesschwert sei oder gar, wer dieser Damokles gewesen war. Zudem hatte sein Vater beim Mittagessen fürchterlich miese Laune gehabt, und um erneute Prügel zu vermeiden, hatte Hagen vorgezogen, sich in sein Zimmer zurückzuziehen und das Essen sausen zu lassen. Und das, wo es seine Lieblingsspeise gab: Wiener Schnitzel mit Kartoffelsalat und Preiselbeerkompott.

Hagen war, wie schon erwähnt, etwas dicklich, was in seinem Fall nicht die sonst so gern zitierten Drüsen oder schweren Knochen waren sondern schlicht und einfach die Lust an gutem Essen. Die Schnitzel sausen zu lassen, tat ihm deshalb fast so weh wie die zu erwartenden Prügel, aber er war noch überall blau und wund vom letzten Mal, und das gab schließlich den Ausschlag.

In Gerfrieds Gehirn war, soweit man das bei ihm überhaupt sagen konnte, Hochbetrieb. Was sollte man nun mit dem angekündigten Versöhnungsakt am Sonntag machen? Nach reiflicher Überlegung kam er zum Schluss, dass er sich dem entziehen würde. Eine Grippe oder Migräne oder was weiß der Teufel was würde die Ausrede liefern. Sollte der Nagel das alleine machen, wozu war er der Bürgermeister und kassierte das gar nicht so geringe Entgelt für diesen Posten?

Falls Anja sich zu der Behauptung versteigen sollte, dass er ihr die Waffe untergeschoben hätte, würde er einfach alles abstreiten. Zumal er an Anjas Stelle keinesfalls eine Waffe auftauchen ließe, mit der ein Verbrechen verübt worden war. Je mehr er nachdachte, umso eher wusste er, dass die Gaspistole wohl mittlerweile bereits auf Nimmerwiedersehen verschwunden war.

Und das war auch ganz gut so!

*

Sunny erzählte, wie ihm das Verhalten des Bürgermeisters und seines Vize spanisch vorgekommen war und wie er sich aus einer Eingebung heraus, nun … sagen wir, ein Vögelchen hätte ihm gezwitschert, was die beiden mit ihrem Handy an Nachrichten austauschten und wen sie jeweils anriefen. Mehr müsse Anja nicht wissen. Und mehr wollten sie auch nicht wissen, das dürften sie ihm ruhig glauben, okay?

Und dass er gerade noch rechtzeitig einige SMS gelesen habe, wo Nagel und Vukovic angedeutet hätten, bei Abdul etwas versteckt zu haben. Fragt nicht, wie er das gemacht hätte, auch das interessiert euch nicht.

Da hätte er sich eben seinen Reim darauf gemacht, wäre sofort zu ihr gefahren, in Abduls Zimmer gestürmt und hätte auch schnell das Paket unter der Couch gefunden und bei sich versteckt, was im Nachhinein durchaus riskant war, aber es war gut gegangen, wie man sah.

Zuhause hätte er das Paket dann ausgepackt, es war ja nur Ölpapier, wie man es als Schutz vor Flugrost verwendete, und hätte dann gesehen, dass es eine Gaspistole war. Dann brauchte er nur noch eins und eins zusammenzählen. Es war mit großer Sicherheit die Waffe, mit der der Überfall begangen worden war.

Die Frage, die sich stelle, sei:

Wie kam diese Waffe in die Hände des Vizebürgermeisters, der sie ja mit ziemlicher Sicherheit da oben versteckt hatte, wenn man einmal nicht davon ausginge, dass Abdul der Täter wäre.

Die einzig mögliche Antwort darauf wäre, so meinte Sunny:

„Entweder war der Vizebürgermeister der Räuber oder sein Sohn. Und ich glaube irgendwie nicht, dass der alte Vukovic so dämlich ist, also bleibt nur dieser, wie heißt er? Hagen?

Bliebe jetzt nur noch zu klären, was wir mit diesem Wissen machen wollen!"

Und darüber berieten sie noch bis zum Abend. Und dann wussten sie, was zu tun war.

*

Was hingegen niemand wusste und nie jemand erfahren sollte, spielte sich zur selben Zeit etwa zweitausend Kilometer oberhalb von Dumpfling ab. Für die Handlung wäre das jetzt nicht so wichtig gewesen, aber es zu verschweigen, dafür gibt es auch keinen Grund.

Das schon seit Äonen raumfahrende Volk der Atlantiden stattete der Erde nach etwa viertausend unserer Jahre einen zweiten Besuch ab. Beim ersten Mal hatten sie damals das sagenumwobene Reich Atlantis in der Ägäis als eine Art Stützpunkt auf Terra gegründet, um die noch recht unterentwickelte Spezies auf diesem Planeten langsam und behutsam zu einem modernen, raumfahrenden Volk zu entwickeln. Eine Zivilisation der Klasse B, also Humanoide, die gerade am Sprung waren, sich Metalle nutzbar zu machen, waren dazu am besten geeignet.

Leider war dieses Experiment völlig misslungen, weil der damalige Entwicklungshelfer Phoibos, den die Griechen später zum Sonnengott hochstilisiert hatten, die kriegerische Natur der Erdbewohner total unterschätzt hatte. Schlussendlich hatten diese Wilden gemeutert und den kombinierten Spalt- und Fusionsreaktor unter der Insel zerstört, indem sie einfach in die Quantencomputersteuerung gepinkelt hatten, was dazu führte, dass die Kernschmelze den unter der Insel befindlichen Vulkan zur Explosion gebracht und die Insel verwüstet hatte. So etwas hatten die Atlantiden noch auf keinem der vielen tausend Planeten erlebt, die sie fördern wollten.

Übrig geblieben war bei der desaströsen Explosion nur die ringförmige Insel Santorin, der man die Katastrophe sogar heute noch ansah.

Vor wenigen Wochen hatte die Zentralregierung auf Olympos drei, der Heimatwelt der Atlantiden im etwa 17000 Lichtjahre entfernten Kugelsternhaufen M55, der von uns aus im Sternbild des Sagittarius, also des Schützen, liegt, beschlossen, diesem wilden Planeten, den wir Erde nennen, noch einmal eine Chance zu geben und sandte ein Forschungsschiff aus, dass sich jetzt eben etwa zweitausend Kilometer oberhalb Mitteleuropas aufhielt, von überstrukturellen Deflektorfeldern gegen eine Radar- oder Sichtortung geschützt.

Ein Erkundungsroboter war zur Oberfläche geschickt worden, sich ebenfalls durch ein Ortungsschutzfeld vor Entdeckung verbergend. Wie es der Zufall wollte, landete dieser in Dumpfling und dokumentierte die Ereignisse der nächsten Tage für die Atlantiden.

9

Die Tage bis zum Sonntag vergingen einigermaßen ereignislos, wenn man von einem ziemlich langen SMS absah, dass Gerfried Vukovic am Samstagmorgen von einem anonymen Absender bekommen hatte:

„Ich weiß, was dein Sohn getan hat. Wenn es nicht ganz Dumpfling wissen soll, trittst du morgen als Vizebürgermeister zurück und kündigst öffentlich an, in Dumpfling auf einem deiner Grundstücke ein Heim für eine Asylantenfamilie zu bauen und über einen Notar treuhänderisch verwalten zu lassen."

Finanziell traf das Gerfried Vukovic nicht. Er hatte nach einer Erbschaft, und die Geschichte muss erzählt werden, genug Grundstücke und Geld.

Wie bereits erwähnt wurde, hatte sein Vater, als er nach Österreich kam, eine reiche Witwe eines Schottergrubenbesitzers geheiratet, der früh bei einem Verkehrsunfall gestorben war, ein Schicksal das viel später auch Gerfrieds Vater ereilt hatte, fast als wäre es ein Fluch. Gerfried war nicht das einzige Kind, er hatte auch noch eine Schwester, von der er aber so gut wie nie sprach, seit diese nach dem Tod der Mutter den Kontakt völlig abgebrochen hatte. Und dafür hatte sie gute Gründe:

Ihr Vater hatte immer darauf bestanden, das Erbe unter seinen Kindern gerecht aufzuteilen. Und so hatte er schon zu Lebzeiten stets gesagt, wer welche Grundstücke nach seinem Tod bekommen sollte. Vermutlich hatte er auch ein Testament verfasst, aber das wurde nie gefunden.

Als ihr Vater dann so tragisch bei einem Verkehrsunfall starb, der diesen Namen im doppelten Sinne verdient hatte, weil der schuldige Unfallverursacher unterm Fahren von seiner Freundin, nun, sagen wir bedient wurde, was beim Unfall dazu führte, dass sie diesem Bedauernswerten ein Teil seines besten Stücks abgebissen hatte, war natürlich die gesamte Familie erschüttert. Gerfried allerdings nicht so sehr, dass er nicht am nächsten Tag, noch bevor sein Vater unter der Erde war, mit der noch völlig geschockten Mutter zum Notar fuhr und sich alle Grundstücke überschreiben ließ, weil das „steuertechnisch die einzige Möglichkeit wäre, sonst machen wir pleite", wie er ihr weismachte.

Seiner Schwester blieb nicht einmal das Pflichtteil. Es war ja keine Erbschaft sondern eine Schenkung. Seitdem herrschte Funkstille zwischen den Geschwistern. Sie sahen sich noch einmal bei der Beerdigung seiner Mutter, die einige Jahre nach dem Tod seines Vaters starb. Als ihr klar geworden war, was sie getan hatte, traf sie ein Gehirnschlag, von dem sie sich nie mehr erholen sollte.

Der Unfallverursacher war zu diesem Zeitpunkt gerade im Aufwachraum, nachdem die Ärzte in einer stundenlangen Operation versucht hatten, einen Körperteil wieder anzunähen, von dem er sich auf eine so ungewöhnliche Weise hatte trennen müssen. Der Vollständigkeit halber sei gesagt, dass dieser Mann wegen fahrlässiger Tötung eine Gefängnisstrafe ausfasste, nachdem er aus dem Krankenhaus entlassen worden war. Zumindest die Operation war einigermaßen erfolgreich verlaufen.

Gerfried Vukovic würde also die in der Erpressung geforderte Bereitstellung eines Grundstückes samt Wohnung zwar einiges kosten, aber finanziell überlasten würde es ihn sicher nicht. Trotzdem ging das natürlich aus seiner Sicht gar nicht, und so dachte er nach, was man dagegen unternehmen könnte.

Von wem diese Erpressung stammte konnte er sich selbstverständlich denken. Dieses Dörflinger-Miststück würde sich noch wundern!

*

Auch für den angesehenen Herrn Bürgermeister verlief die Woche nicht gänzlich ereignislos. Uschis Mann war wieder einmal unterwegs und so schrieb die „Muschi" ihrem „Kater", wie sie ihn manchmal nannte, eine SMS, dass sie ihn gerne sehen würde. Ob er sie am Freitag in ihrer Wohnung besuchen könnte? Um die Jahreszeit wäre es im

Auto schon ziemlich kühl. Sie würde danach schon dafür sorgen, dass ihr Mann nichts merke. Im Übrigen seien die Nachbarn eine Woche in Rom, also bestehe auch von dieser Seite keine Gefahr einer Beobachtung.

Und so trafen sich die beiden wie vereinbart und verbrachten einen sehr anregenden Abend in Uschis Wohnung, an dem sich der Kater zeitweise wie ihr Kratzbaum vorkam. In nächster Zeit würde er das Bad zuhause beim Duschen besser zusperren oder der Uschi sagen müssen, dass sie ihre Fingernägel etwas sorgsamer einsetzen solle. Nein, besser das Bad zusperren.

10

Dann kam der Sonntag, es war ein wunderschöner Novembertag, und alles war vorbereitet für das offizielle Willkommen des neuen Gemeindebürgers, wie der angesehene Bürgermeister Nagel in einer Aussendung verlautbaren ließ. Da er nicht wissen konnte, dass Sunny und damit auch Anja jedes seiner SMS las, war er auch ahnungslos dahingehend, dass Anja durchaus wusste, dass er zusammen mit Vukovic hinter dem Komplott steckte.

Weil die Meteorologen gutes Wetter angekündigt hatten, war der Beschluss gefallen, die Willkommensfeier vom Gasthaus nach draußen in den Gastgarten zu verlegen. Und so hatte man dort ein kleines Buffet mit handlichen Imbissen aufgebaut. Fingerfood, wie das heutzutage hieß.

Zudem war Sekt, Wein, Most und Bier und für die Antialkoholiker und Kinder auch Saft vorbereitet worden.

Abdul hatte sich fein herausgeputzt. Anja war zwei Tage vorher mit ihm einkaufen gefahren und hatte ihm einen gut sitzenden Anzug angedeihen lassen, was aber bei seinem „Stangengestell", wie Verkäufer eine Figur nennen, auf der praktisch alles von der Stange perfekt sitzt, kein Problem war.

Mit seinem neuen Anzug hatte er dem Gottesdienst beigewohnt. Abdul sagte sich, wohl ganz im Sinne des lieben Gottes, dass es diesem vermutlich ziemlich egal sei, auf welche Weise und vor allem wo man ihm huldigen würde. Allah war aus seiner Sicht wirklich nur ein anderer Name für Gott. Auch war er gebildet genug zu wissen, dass speziell in den ersten Jahrhunderten des Islam dieser eine sehr tolerante Religion gewesen war, was sich erst mit den Kreuzzügen und der Eroberungswut des osmanischen Reiches drastisch geändert hatte.

Diesmal standen die Männer nach dem Kirchgang nicht wie üblich noch eine halbe Stunde vor der Kirche und redeten, sondern alle gingen schnurstracks zum Gasthaus, um sich dort zu stärken und zwangsläufig des Bürgermeisters Rede zu lauschen. Oder zumindest so zu tun.

*

Dem angesehenen Herrn Bürgermeister stank die Sache fürchterlich. Wenn sein Plan funktioniert hätte, dann wäre die ganze Sache nun abgeblasen und dieser suspekte Araber schon längst im Gefängnis. Aber nein, es war grandios schiefgegangen, und so begab er sich mit seiner Gattin Karin in die Kirche und danach zum Empfang.

Zwangsläufig hatte er eine Rede vorbereiten müssen. Auch diese Arbeit hätte er sich sparen können, wenn der dämliche Vukovic das Paket geschickter versteckt hätte. Das kommt davon, wenn man sich mit diesen stumpfsinnigen Blauen einließ, dachte er verbittert.

Und so lauschte er der Musikkapelle, die gerade einen Marsch spielte, und dann gleich noch einen, weil es so schön war. Danach würde er seine Rede halten. Auch das würde vorrübergehen. Einige Dumpflinger dachten da ganz ähnlich.

*

Gerfried Vukovic war im Gegensatz zu seiner Gattin Susanne nicht in die Kirche gegangen. Er konnte diese Kerzerlschlucker, wie er sie insgeheim nannte, sowieso nicht ausstehen. Stattdessen hatte er sich eine gute Flasche MaCallans aufgemacht und den besten schottischen Whisky, zumindest nach seiner Meinung, die er sich gebildet hatte, ohne viel Vergleich zu haben, schon zur Hälfte geleert. Wenn James Bond diese Marke trank, dann war das der Beste. Basta!

Während er so trank, obwohl man Whisky eigentlich eher in kleinen Mengen genießen statt einfach in Massen hinunterschütten sollte, wuchs in ihm die Aggression gegen diese Dörflinger samt ihrem Araberstecher. Und sie wuchs mit jedem Schluck mehr.

Nach etwa einer Dreiviertelflasche wusste er, was zu tun war.

*

Der freie Imbiss und die Aussicht auf einen Umtrunk hatte dann doch bei vielen Dumpflingern über die immanente Ablehnung gegen Ausländer gesiegt, und so war eine überraschend große Zahl gekommen, um sich anzusehen und anzuhören, was die Gemeinde dazu zu sagen hätte.

Und der angesehene – noch angesehene, wie wir bald feststellen werden – Herr Bürgermeister Franz Nagel hielt eine durchaus passende Rede, in der er feststellte, dass es ihn durchaus mit Stolz erfülle, ja Stolz, dass auch Dumpfling seiner Verpflichtung nachkommen würde, zumindest einen dieser bedauernswerten und vom Krieg ganz und gar unschuldig vertriebenen Flüchtlinge aufzunehmen.

Nach anfänglicher Skepsis sei nun offensichtlich, dass die Bevölkerung das goutiere, was ihn natürlich sehr freue und die ethische Reife der Dumpflinger herausstreiche.

Er gratuliere Anja zu ihrem Mut und ihrer Vorreiterrolle. Und nun wolle er nicht mehr länger herum schwafeln, sondern lade alle ein, das Buffet zu genießen und die Gelegenheit wahrzunehmen, Herrn Abdul el Hakimi vielleicht etwas näher kennenzulernen.

Der Applaus war mittelmäßig, aber nicht so wenig, dass es peinlich gewesen wäre. Was sich die Leute bei dieser Rede dachten, ist nicht bekannt. Und das ist vermutlich auch gut so.

Was Anja dachte, soll hier aber nicht verschwiegen werden.

„Du falsches Schwein!"

Nun, das wäre bei einer Politikerrede jetzt kein grundsätzlich neuer Gedanke, oder?

Gerfried Gunther Vukovic war trotz seines wirklich beträchtlichen Alkoholisierungsgrades zu seiner nächstgelegenen Schottergrube gefahren und hatte sich auf einen Traktor samt Frontlader gesetzt. Selbst betrunken konnte er noch immer besser fahren als jede

Frau nüchtern, fand er, übrigens eine weitverbreitete aber durch Statistiken nicht belegbare Ansicht unter Männern.

Sein moderner Traktor hatte sogar ein entsprechend lautes Radio eingebaut, inklusive CD Spieler. Und was würde zum geplanten Unternehmen besser passen als seine Hardrock CD, selbstgebrannt wie guter Schnaps, bestehend aus den größten Hits von Jethro Tull, AC/DC, Deep Purple und Steppenwolf. Halleluja! Yeah Baby!

Und so setzte er sein Fahrzeug genau in dem Moment in Bewegung in Richtung Dumpfling, als der Bürgermeister seine Rede gerade begann. Es waren nur etwa drei Kilometer, er benötigte dazu knapp zehn Minuten. Ziemlich genau die gleiche Zeit, die Nagel für die Rede brauchte.

∗

Auch Doktor Prillinger, der Anwalt, war beim Festakt, wie so viele und wie auch Sunny. Anja hatte ihn und den Detektiv eingeladen, um „etwas Rückendeckung zu haben", wie sie sich ausdrückte. Sie rechnete insgeheim mit einer erneuten, fiesen Aktion seitens des Bürgermeisters oder seines „blauen Zwillings", so sagte sie verbittert.

Weil der Brüllinger aber am Vorabend noch dem Turteltäubchen, also seinem Nachbarn über den Weg gelaufen war, hatte er diesen kurzerhand mitgenommen. Turteltäubchen war derzeit viel allein. So etwas war ihm jahrelang nicht mehr passiert, aber derzeit hatte er in der Tat keine Geliebte.

Es war ein wenig blöd gelaufen, zugegeben.

Wer die Geschichte vor einigen Monaten verfolgt hat, weiß ja, dass der Herr Gerichtsmediziner seinen Spitznamen „Turteltäubchen" deswegen bekommen hatte, weil er meistens mehrere Liebschaften zu, im Allgemeinen sehr jungen, Damen zur selben Zeit pflegte. Das war in seiner permanenten Angst begründet, allein zu sein. Und genau das war ihm zum Verhängnis geworden, als er letztens nämlich mit Liebschaft eins eine Geburtstagsfeier ihrer Cousine besuchte, nur um dort feststellen zu müssen, dass eben genau diese Cousine Liebschaft zwei war.

Zu seinem Leidwesen war er nicht der einzige, der das bei besagter Feier feststellte, weshalb er derzeit so ganz ohne Liebschaft und Liebe auskommen musste, was ihm sehr zu schaffen machte.

Und somit hatte er an diesem Sonntag nichts Besseres zu tun, als mit seinem Nachbarn, dem Anwalt also, die Feier in Dumpfling mit seiner Anwesenheit zu beehren.

Als sich die beiden gerade ein Glas Sekt holten, nachdem der Herr Bürgermeister seine Rede beendet hatte, hörten sie in der Ferne kreischende Geräusche.

*

Irgendwie hatte auch ein Reporter der Bezirkszeitung vom geplanten „Festakt" erfahren. Und weil diese Woche mit guten Stories im Gegensatz zur letzten, in der sich ja der Bankraub und der in die Hose gegangene Polizeieinsatz abgespielt hatte, ziemlich gegeizt hatte, beschloss er, das Thema „Dumpfling" mit einer kleinen Geschichte zur freundlichen Aufnahme eines Asylwerbers in einer ländlichen Gemeinde fortzusetzen und danach zum Spiel der Kulmbacher gegen die Affenhofener zu fahren, das versprach immer eine feine Schlägerei, weil sich die benachbarten Orte noch nie hatten ausstehen können. Das war eines der Spiele, wo man nicht auf den Ausgang wettete sondern eher darauf, ob das Spiel abgebrochen werden würde oder nicht und wie viele Zuseher jeder Mannschaft im Krankenhaus landeten.

Reporter im eigentlichen Sinn war er zwar keiner, eher freiberuflicher Mitarbeiter. Aber einen Presseausweis hatte er, also sah er sich auch als Reporter. Natürlich hatte er auch eine kleine Kamera mit, ein paar Bilder würden sich erstens gut machen und zweitens zusätzliches Geld bringen, wenn auch beim Geiz der Zeitung nur etwa 35 Euro für jedes abgedruckte Bild.

Dem Einsatz dieses Mannes verdankt Dumpfling, dass die Ereignisse des Tages so gut dokumentiert wurden. Geehrt haben sie ihn dafür jedoch nie, soviel man weiß.

*

Sunny und Anja wussten zwar, was vom Bürgermeister und seiner Rede zu halten war, aber das war heute Abduls Feier und so beschlossen sie, sich dazu nicht zu äußern, machten gute Miene zum hinterhältigen Spiel und klatschten sogar Beifall, der allerdings weniger der Rede und mehr Abdul galt. Jedenfalls was sie betraf.

Sunny sah sich um. Er suchte den Vizebürgermeister, konnte ihn aber nirgends finden. Lediglich dessen Gattin sah er unter den Gästen. Ob sie Bescheid wusste? Vermutlich nicht. Na, vielleicht würde er ja noch kommen.

Und wie er kam!

*

Eine Dreiviertelflasche Whisky ist schon eine Menge Alkohol. Und wenn man diese Menge schnell trinkt, kommt der Körper zuerst gar nicht mit dem Betrunkenwerden mit, denn das dauert seine Zeit! Das war der Grund, warum der Vizebürgermeister Vukovic fast die gesamte Strecke nach Dumpfling mit dem Traktor unfallfrei zurücklegte. Aber der Hund sitzt halt irgendwie immer im Detail. Weil Dumpfling dem sonntäglichen Ansturm, der schon seit langem nicht mehr aus Kirchgängern im eigentlichen Sinn bestand sondern eher aus Kirchfahrern, nicht genügend Parkplätze bieten konnte, stellten die Leute ihre Autos eben entlang der Straße ab, die in den Ort führte, was diese zwangläufig an solchen Sonntagen etwas verengte. Sie war immer noch breit genug für einen kleinen Mähdrescher, aber nicht für einen volltrunkenen vizebürgermeisterlich gelenkten Traktor.

Und so rasierte der Vukovic beim heroischen Einzug in den Ort reihenweise die Autos oder zumindest deren Seitenspiegel ab, was dem Ganzen eine sehr persönliche und vor allem kreischend laute Note verlieh.

Das war das Geräusch, das nicht nur Anwalt Prillinger und Turteltäubchen hörten sondern vielmehr die ganze versammelte Dorfgemeinschaft.

Auf diese Weise bekam der im doppelten Sinne blaue Vizebürgermeister die Aufmerksamkeit, die er verdiente, als er mit seinem Crescendo fortissimo in Dumpfling einritt. Stolz wie Alexander der Große bei der Eroberung Persiens saß er auf seinem Streitwagen Marke Steyr 6140 Profi, mit 140 PS aus sechs Zylindern und 6728 Kubikzentimetern Hubraum.

Was für ein Anblick, was für ein sinnliches Gesamterlebnis, da sein CD Traktorradio just in diesem Moment auch noch und ausgerechnet „Born to be wild!" spielte. Mit Maximallautstärke!

Und dann senkte er zum finalen Angriff die Lanze, die in diesem Fall aus seiner Frontladerschaufel bestand.

*

Es war ein Auftritt, an den man sich noch lange erinnern würde. Und der anwesende Reporter war geistesgegenwärtig genug, seine Kamera auf Filmmodus zu schalten und die nun folgenden Minuten lückenlos aufzunehmen.

Man kann das Ganze ja irgendwie nicht annähernd in dieser sinnlichen und emotionalen Intensität beschreiben, wie es sich für die Anwesenden abspielte. Man stelle sich eine illustre Gesellschaft vor, die sich gerade bei Imbissen und einem kleinen Umtrunk an einem schönen Novembertag versammelt hat, hundertfünfzig Leute vielleicht, und sich in kleineren Grüppchen in angeregter Unterhaltung befindet. Wie zum Beispiel unsere lebende Dorfzeitung Mimi mit der Frau des aus bekannten Gründen nicht teilnehmenden Exbürgermeisters Steinbrecher und Karin Nagel. Natürlich war das Hauptthema die durchaus seriös und angenehm wirkende Erscheinung des Abdul el Hakimi, der angeblich sogar ein Arzt war, ja wirklich! Aber man unterhielt sich auch über den Banküberfall, über die Schmiererei an Anjas Haustüre, nein also wirklich, so etwas muss nun echt nicht sein, und selbstverständlich auch über das überaus angenehme Wetter für diese Jahreszeit. Karin Nagel unterhielt sich auch angeregt mit Abdul, den sie überaus sympathisch fand, was auf Gegenseitigkeit zu beruhen schien.

Und mitten in diese Unterhaltung donnerte mit einem Mordskrawall, unterstützt von lauter Rockmusik und einem irrsinnigen Gesichtsausdruck auf seinem Kampfwagentraktor der Herr Vizebürgermeister, der jetzt auch noch ein Kriegsgeheul angestimmt hatte, bei dem selbst ein mittelgroßer Komantschenstamm Minderwertigkeitskomplexe bekommen hätte.

Was er schrie, konnte man kaum verstehen, aber dass es sich gegen Anja und Abdul richtete und nicht besonders freundlich war, das bekam man durchaus mit.

Er lenkte den Traktor mitten in die Menge, die natürlich sofort auseinanderstob, sodass dem Traktorkampfwagen wie von Geisterhand choreografiert eine Art Gasse aufgemacht wurde, an deren Ende das mittlerweile schon halb geplünderte Buffet stand, von dem sich geistesgegenwärtig noch zwei Dumpflinger schnell einige Happen sicherten, quasi unter Lebensgefahr.

Nun ist es gut zu wissen, dass im Dumpflinger Gastgarten drei Kastanienbäume stehen, die allerdings schon seit Jahren von der Miniermotte stark beeinträchtigt waren, was aber an diesem Novembertag aufgrund des längst gefallenen Laubes keine große Rolle mehr spielte. Was aber schon eine Rolle spielte, war, dass das Buffet direkt vor dem ersten der drei Bäume aufgebaut war. Und so kam, was kommen musste: Gerfried der Große auf seinem Streitwagen gegen Aesculus hippocastanum, wie der wissenschaftliche Name der europäischen Rosskastanie lautet. Attacke!

Der Baum verlor.

*

Roboter sind auch bei den Atlantiden humorlose, kühl und objektiv arbeitende Maschinen. Der in Dumpfling gelandete Dokumentationsrobot der Klasse D3 nahm daher die Ereignisse mit seinem holografischen System, gut geschützt durch sein Deflektorfeld, emotionslos auf und sendete die Daten an das Mutterschiff zweitausend Kilometer über ihm.

*

„Ist der jetzt vollkommen wahnsinnig geworden?"

Sunny konnte nicht fassen, was er da sah. Genau in diesem Moment krachte der Traktor des Vizebürgermeisters mit einer geschätzten Restgeschwindigkeit von etwa fünfzehn

Kilometern pro Stunde mit gesenkter Schaufel gegen den Baum.

Auch wenn der Baum den Kampf verlor, was er durch ein zeitlupenartiges Sich-nach-hinten-Neigen zuzugeben bereit war, er war nicht der einzige, der verlor.

Die Mimi verlor ihre Besinnung oder tat jedenfalls so. Halt gerade so viel, dass sie nichts versäumte, das sie nachher erzählen würde.

Der bald ehemalige Vizebürgermeister verlor am Traktor unter anderem zwei Schneidezähne und kurz sein Bewusstsein, ob durch den Aufprall oder den Whisky, konnte nie geklärt werden.

Der Großteil der Dumpflinger verlor jedes Restvertrauen in die Politik, oder seien wir gnädig, zumindest in die Lokalpolitiker.

Abdul verlor endgültig seine restliche – das deutsche Wort fiel ihm nicht ein – Confidence in den Geisteszustand der hiesigen Bevölkerung. „Allahu akhbar, die sind ja wirklich noch verrückter als die IS!"

Die Sonnleitner Gudrun verlor ihren Dackel, den ein Ast erschlug, den der umfallende Baum verloren hatte. Sie zog im Schock noch ein paarmal an der Leine, aber da war nichts mehr zu machen.

Die Zeitung verlor einen freien Mitarbeiter, weil sie ihn nach dieser Story fest anstellen mussten.

Der angesehene Bürgermeister Franz Nagel verlor seine Contenance, weil er befürchten musste, dass jetzt alles verloren war und sein Techtelmechtel mit der Uschi Wagner ans Licht kommen würde und er auch noch seine Frau verlieren würde. Und wenn es blöd herging wegen Mittäterschaft bei der versuchten Verschleierung einer Straftat wohl auch noch einiges andere, vielleicht sogar seine Freiheit.

Und wie sich gleich zeigen wird, waren das noch lange nicht alle Verluste an diesem Tag.

*

In etwa zweitausend Kilometer Höhe befahl der Kommandant des Forschungsschiffes die Rückkehr des Dokumentationsrobotors, was dieser auch umgehend befolgte.

Der Kommandant hatte genug gesehen. Dieser Planet, respektive seine Bewohner, hatte sich nicht geändert. Man würde Tera in viertausend Jahren erneut visitieren. Bis dahin aber würde man, wie das die Art dieses hoch entwickelten Raumfahrervolkes war, die Erdenbewohner sich selbst überlassen. Entweder hatten sie sich in vier Jahrtausenden selbst eliminiert oder aber sie wären reifer geworden. Erfahrungsgemäß lag die Chance dafür bei jeweils etwa 50%.

Und dann verließ das Forschungsraumschiff die Erde wieder und die Erde verlor die Möglichkeit, ihr Energieproblem auf einen Schlag gelöst zu bekommen.

11

Der Vorfall ging als „Dumpflinger Novemberattacke" in die Annalen der Dorfchroniken ein und wirbelte natürlich mächtig Staub auf, wozu auch ein doppelseitiger Bericht samt Link zum Video in der Bezirkszeitung beitrug, dem die Geschichte gleich eine Titelseite wert war.

Da die Hintergründe zu diesem Zeitpunkt noch nicht geklärt waren, strotzte der Artikel von allen möglichen Vermutungen von Fremdenfeindlichkeit bis Eifersuchtsattacken, von denen eine falscher als die andere war, was aber im Großen und Ganzen weder bei der Zeitung noch sonst irgendwo jemanden kümmerte. Andererseits waren sie irgendwie auch alle ein bisschen richtig.

Wütende Leserbriefe hatte das Foto des unter dem Ast begrabenen Dackels samt Blutlache zur Folge. Anscheinend erregt so ein Foto die Emotionen mehr als der eigentliche Vorfall, bei dem wie durch ein Wunder nur einige Leichtverletzte zu beklagen waren, die aber Abdul, der in

Syrien ja Arzt gewesen war, und Turteltäubchen noch vor Ort fachgerecht versorgt hatten.

Und dann begannen natürlich die Ermittlungen.

Emilie und Ernst waren etwa zwanzig Minuten nach dem Frontalangriff des Vizebürgermeisters auf den völlig unschuldigen Baum vor Ort, wo sie den unglücklichen Streitwagenführer Vukovic, der mittlerweile wieder bei Besinnung wenn auch nicht bei Sinnen war, festnahmen, nachdem ausgerechnet Abdul ihn erstversorgt hatte. Selbstverständlich stellten sie dabei auch sein Mobiltelefon sicher, ohne sich vorerst jedoch groß darum zu kümmern.

Die Beweissicherung und Faktenaufnahme gestaltete sich etwas schwierig, weil sie weder für den Baum noch für den Traktor eine Möglichkeit sahen, diese Corpora delicti entsprechend zu verwahren oder gar mitzunehmen. So gaben sie sich mit einigen Fotos zufrieden, von denen schlussendlich die meisten unscharf waren, weil Ernst mit der neuen Spiegelreflexkamera noch auf Kriegsfuß stand und unabsichtlich den Autofokus ausgeschaltet hatte.

Durch systematische und penible polizeiliche Ermittlungsarbeit in den folgenden Tagen, kam dann aber doch etwas Licht in die ganze, leidige Angelegenheit.

*

Sunny hatte blitzartig reagiert und sofort seinen Neffen angerufen, der an die betroffenen Mobiltelefone und Computer wenige Minuten später das Signal zur Deinstallation der Spyware geschickt hatte, wodurch die Polizei nie dahinter kam, dass jemand, insbesondere Sunny, diese Handies illegal überwachte. Vorher hatte er noch das verräterische SMS von Unbekannt von des Vizebürgermeisters Telefon entfernt. Leider ging das in der gebotenen Eile nur, indem er auf allen Handies alle SMS löschen musste.

Danach, und nachdem die Zeugeneinvernahmen abgeschlossen waren, setzte er sich mit Abdul, Anja und dem Anwalt zusammen, um das weitere Vorgehen zu besprechen.

Dass ihre „Motivation" – sie weigerten sich, es als Erpressung zu sehen – den Vukovic dazu zu bringen, etwas gegen seine Gesinnung und für die Asylanten zu tun, fehlgeschlagen war, schien klar zu sein. Sie mussten also darauf achten, dass zumindest nichts an ihnen hängen blieb.

Was Anja gewaltig stank war die Tatsache, dass der Bürgermeister Nagel aus dieser Sache vollkommen unbeschadet herauszukommen schien. Als sie eine diesbezügliche Bemerkung machte, sah sie Sunny grinsen.

„Weiß ich etwas nicht?", fragte sie den Privatdetektiv.

Und da rückte Sunny heraus, welche SMS er noch vom Telefon des angesehenen Herrn Bürgermeisters gespeichert hatte.

*

Bürgermeister Nagel hatte mit Hagen Vukovic ein ernstes Gespräch geführt. Wenn er nicht in den Knast wolle, dann würde er besser sein Maul halten und auch seinem Vater verklickern, dass das eine deutlich bessere Idee wäre als auszupacken.

Hagen hatte kleinlaut beigepflichtet und kurz darauf seinen Vater besucht. Der war mittlerweile wieder halbwegs nüchtern und hatte Hagen versprochen, nichts zu sagen und alles auf seine Ausländerfeindlichkeit zu schieben und auf den Alkohol. Sein Anwalt meinte, in Anbetracht der Fakten, dass niemandem etwas Ernstes passiert sei, würde er mit ein paar Monaten wegen fahrlässiger Allgemeingefährdung und fahrlässiger, leichter Körperverletzung wohl davonkommen, sofern er sich vor Gericht reuig zeige.

Gerfried Vukovic erinnerte sich daraufhin an das SMS und unterrichtete seinen Anwalt davon. Der hielt ihn aber nur für paranoid. Die forensische Untersuchung seines Handies hatte nichts gebracht, alle SMS waren gelöscht gewesen.

Aber die Idee tätiger Reue sei gut, fand sein Anwalt und empfahl ihm, von sich aus den Vorschlag zu machen, eine Asylunterkunft gratis zu errichten und der Gemeinde als Wiedergutmachung zur Verfügung zu stellen. Womöglich ginge sich dann mit viel Glück sogar eine bedingte Verurteilung aus.

Und so kam es, dass ausgerechnet der ausländerfeindlichste Politiker von Dumpfling von seinem Privatvermögen eine Unterkunft für eine Asylantenfamilie in Auftrag gab, wenn auch aus sehr berechnenden Gründen. Und damit auch keiner an seiner Reue zweifeln konnte, ließ er das sofort notariell aufsetzen, wozu ihm sein Anwalt geraten hatte.

*

„Das ist ja nicht zu glauben. Der hässliche Nagel hat ein Pantscherl mit der Wagner Uschi!"

Anja konnte es kaum fassen, was sie da erfuhr.

Und weil sie zwar grundsätzlich ein guter Mensch war, aber eben auch nur ein Mensch und noch dazu eine Frau, deren Vertrauen der Nochbürgermeister auf das Schändlichste missbraucht hatte, beschloss sie, dem Mistkerl ein für allemal eins auszuwischen.

So erfuhr Karin Nagel durch ein anonymes Email samt Kopie eines SMS von der Untreue ihres Gatten. Und auch sie war nur ein Mensch, noch dazu eine Frau, deren Vertrauen vom Nochbürgermeister ebenfalls aufs Schändlichste missbraucht worden war.

Sie rief daher umgehend den Brüllinger an und ließ die Scheidung vorbereiten. Zu ihrem Gatten aber war sie freundlich wie immer. Frauen können das. Das Schauspieler-Gen sitzt nämlich im X-Chromosom, und davon haben Frauen zwei und Männer eben nur eines.

Und damit brachte sie mehr ins Rollen, als sie gedacht hatte.

12

Etwa zwei Wochen nach der Dumpflinger Novemberattacke bekam der angesehene Herr Bürgermeister Post vom Anwalt Prillinger.

Er öffnete den Brief, ohne zu ahnen, dass dieser sein gesamtes Leben umkrempeln würde. Und dann las er, was ihm seine Frau vorwarf und wie sie darauf zu reagieren gedachte.

Und er wusste, dass diese verdammten Vukovic-Gesellen doch nicht dichtgehalten hatten. Das würden sie ihm büßen.

*

„Wer ist da?", fragte Ernst über die Gegensprechanlage des Postens in Ganshofen.

„Ich bin es, der Bürgermeister Franz Nagel aus Dumpfling. Ich habe eine Aussage zu machen betreffend den Bankraub vor einigen Wochen."

Ernst öffnete ihm, bot ihm einen Platz und einen Kaffee an und hörte zu, was Nagel zu sagen hatte.

Und das war einiges.

*

Eine Stunde später verhafteten sie Hagen Vukovic wegen des dringenden Verdachtes, den Überfall auf die Dumpflinger Kassa verübt zu haben. Er stritt alles ab, aber als man ihn auf seine Handverletzung ansprach und „Allahu akhbar" sagen ließ und der Schalterbeamte zweifelsfrei die Stimme identifizierte, war es um seinen Widerstand geschehen.

Er erzählte also von seiner Spielsucht und dass er keine andere Lösung gesehen hatte, wie er die Bank überfallen hatte, seine Flucht in den Wald, von wo er sich nach Hause geschlichen hatte und so weiter.

Wo das Geld geblieben sei?

Er gestand, es im Linzer Casino so gut gewaschen zu haben, dass es leider am Ende weg gewesen wäre.

Und die Tatwaffe?

Die hätte er zuhause in seiner Kommode versteckt, eingewickelt in Ölpapier.

Eine diesbezügliche Hausdurchsuchung brachte natürlich nichts, was sich mit der Aussage von Franz Nagel deckte, der behauptete, gesehen zu haben, wie Gerfried Vukovic mit einem Paket zu Anja Dörflinger gegangen war. Er habe den Vizebürgermeister daraufhin angesprochen und dieser habe zugegeben, dass Hagen den Überfall begangen habe und ihn, also den Nagel, damit erpresst, dass er seine Affäre mit Uschi Wagner, von der ihm Hagen erzählt habe, öffentlich machen würde, wenn er darüber nicht Stillschweigen bewahrte. Aber jetzt drücke ihn das Gewissen, er musste einfach auspacken als ordentlicher Staatsbürger.

Überhaupt sei er, also Nagel, vollkommen unschuldig in die Sache hineingeschlittert und jetzt froh, dass alles herausgekommen war. Sein einziger Fehler sei die unbedachte Affäre mit Frau Wagner, aber das wäre nur ein einziges Mal, höchstens zwei Mal gewesen.

Dem entgegen stand die Aussage von Gerfried Vukovic, die anhand zweier fehlender Schneidezähne mehr gelispelt war als gesprochen, wonach der Nagel nicht nur alles gewusst, sondern sogar noch selbst und höchstpersönlich den perfiden Plan ausgeheckt habe, dem armen Abdul die Waffe unterzuschieben, andernfalls er seinen Sohn, also Hagen, verraten würde.

Es war alles ziemlich verworren. Vor allem war völlig unklar, was mit der Waffe geschehen war. Und so fuhren die beiden Beamten zu Anja, um sie und Abdul zu befragen, was sie dazu sagten. Aber das hätte angesichts der späten Stunde Zeit bis morgen. So lange würde inzwischen auch Bürgermeister Nagel inhaftiert bleiben, der dagegen zwar heftig protestierte, aber nichts daran ändern konnte.

Als Haftgrund nannte man ihm versuchte Verschleierung einer Straftat.

*

Sunny hatte die Einladung von Ernst gerne angenommen. Es war nun doch schon ein paar Tage her, seit sie zusammen ein Bier getrunken hatten.

Und so gingen sie wieder einmal zum Kirchenwirt, bestellten sich bei der pummeligen Dagmar, die der Ernst mittlerweile schon viel besser, genaugenommen sogar in- und auswendig kannte, jeder eine Halbe und ein Gulasch und unterhielten sich über die Geschehnisse der letzten Wochen.

Ob Ernst Sunny und Anja warnen wollte, oder ob er einfach nur redselig war, wird man nie erfahren. Aber Sunny rief an diesem Abend Anja noch spät an und teilte ihr mit, was die Polizei zu wissen glaubte und dass sie am nächsten Tag zu ihr kommen würden, um sie zu befragen.

Anja wollte von Sunnys Rat, den Anwalt hinzuzuziehen, nichts wissen. Das würde nur sehr verdächtig wirken, meinte sie, und Sunny schloss sich schlussendlich ihrer Meinung an.

*

Am nächsten Vormittag klingelten Emilie und Ernst bei Anja. Sie tat überrascht. Frauen können so gute Schauspielerinnen sein, das und die Gründe dafür hatten wir soeben besprochen, nicht wahr? Nein, kein Problem, natürlich würde sie ihnen gerne alle Fragen beantworten. Abdul? Der wäre wegen seiner Asylgeschichte leider gerade in Linz. Sie sei aber sowieso nicht sicher, ob er angesichts der sprachlichen Schwierigkeiten ihre Fragen beantworten könne. Vielleicht wäre es besser, er würde das nur in Anwesenheit eines Anwaltes und Dolmetschers, nach allem, was die Polizei ihm schon vorgeworfen hätte.

Aber sie wäre natürlich bereit, alle Fragen zu beantworten. Schießt los, bitte!

Also begann Emilie zu fragen. Ob Anja etwas aufgefallen wäre, als Vizebürgermeister Vukovic sie besucht hatte?

Nein, außer dass dieser komplett durchgeknallte Idiot etwas von Versöhnung gefaselt hätte, was ihr schon einigermaßen eigenartig vorgekommen wäre, nein sonst nichts.

Ob er in Abduls Zimmer gewesen sei?

Keine Ahnung, sie habe einmal kurz den Raum verlassen, um Kaffee zu machen. Gemerkt hätte sie nichts.

Und ob sie in Abduls Zimmer eine Waffe oder ein Paket gefunden hätten?

Wie bitte? Der Arme ist aus einem Kriegsgebiet geflüchtet, weil Waffen sein Leben zerstört hatten. Was bitte sollte der hier mit einer Waffe? Nein, natürlich wäre in diesem Haus nie eine Waffe gewesen.

Als Emilie noch einmal nachfragte, wurde Anja deutlicher.

„Meine Liebe, wenn du mir oder Abdul noch einmal so etwas unterstellst, dann werde ich meinen Anwalt nicht mehr davon abhalten, die bereits vorbereitete Dienstaufsichtsbeschwerde wegen deines Verhaltens bei der Verhaftung von Abdul einzureichen. Und jetzt geht ihr besser!"

Ernst konnte seine im Explodieren begriffene und etwas von Erpressung und unerlaubtes Duzen stotternde Kollegin gerade noch beruhigen und aus dem Haus zerren.

„Emilie, wenn du etwas Hirn unter deinen blonden Locken hast, hältst du einfach das Maul und lässt sie in Ruhe. Schließlich haben wir den Täter. Abdul und Anja haben ja wohl nichts verbrochen. Und eine Beschwerde ist einer Karriere nicht förderlich!", überzeugte er seine immer noch sehr erregte Kollegin, während sie nach Ganshofen zurückfuhren.

13

Abduls Asylverfahren war wider Erwarten ziemlich schnell und ohne Komplikationen über die Bühne gegangen. Auch wenn sich der Bundesparteiobmann der rechten Partei dahingehend geäußert hatte, dass ein Krieg noch lange kein Asylgrund wäre, folgte das Gericht dieser Ansicht glücklicherweise nicht.

Und so bekam Abdul seinen Status als Asylant hochoffiziell zugesprochen und durfte fortan sogar in Österreich einer Erwerbstätigkeit nachgehen.

Da er Arzt war, kümmerte er sich mit Hilfe von Doktor Prillinger darum, dass seine Approbation als Mediziner in Österreich anerkannt wurde. Was ebenfalls sehr schnell ging, weil er nicht der erste syrische Arzt war und die grundsätzlichen Anforderungen schon geklärt waren.

Und so bekam Dumpfling wieder einen Gemeindearzt. Seine Praxis richtete er sich vorerst bei Anja ein. Einen Kassenvertrag hatte er natürlich auch noch nicht, aber dafür beachtlich viele Patienten, die die Kosten, Abdul verrechnete meist sehr wenig, dann einzeln mit ihrer Kasse abrechneten.

Auch der Familiennachzug war in die Wege geleitet. Seine Mutter und seine Töchter würden demnächst mit dem Flugzeug in Linz ankommen. Und er hatte eine Überraschung für sie.

*

Karin Nagel war stinksauer auf ihren Mann. Zwar schien man ihm die Anschuldigung, beim Komplott gegen den wirklich sympathischen Abdul beteiligt gewesen zu sein, nicht nachweisen zu können, ebenso wenig die Beteiligung an der versuchten Verschleierung des Sachverhaltes, wer wirklich die Bank überfallen hatte, aber sie war sich sicher, dass der Mistkerl bis zum Hals mit drin steckte.

Und dann noch seine Affäre mit dieser Kulmbacher Schlampe. Man erzählte sich ja einiges von der. Sie fraß Männer wie eine Katze Mäuse. Zuerst ein wenig spielen und dann kam mit samtweicher Tatze der Genickbruch.

Und so kam es, dass Karin in letzter Zeit immer mehr derselben mit Abdul verbrachte. Vorgeblich, um ihm beim Erlernen der deutschen Sprache behilflich zu sein, aber sie fand ihn in Wahrheit einfach mehr als nur sympathisch. Ihr Nochehemann war zwar inzwischen freigelassen worden, hatte es aber auf Anraten seines Anwalts vorgezogen, in ein Welser Hotel zu ziehen, als Anja die Scheidung eingereicht hatte.

Brüllinger hatte ihm die Hölle heiß gemacht. Als sie sich zu viert, nämlich Anja, Anwalt Prillinger, ihr zukünftiger Exehemann und dessen Anwalt in der Welser Kanzlei ihres Anwalts getroffen hatten, wollte der baldige Exehemann und Exbürgermeister – seine Partei hatte ihm nahegelegt, dass er als Ortschef nicht mehr haltbar wäre – aufbegehren und erhob seine Stimme, worauf Brüllinger seinem Spitznamen gerecht und dementsprechend laut wurde und ihm klarmachte, dass „in dieser Kanzlei nur einer schreit!"

Franz Nagel musste schließlich zähneknirschend in eine für ihn ziemlich teure Scheidung einwilligen, um einem weiteren Prozess zu entgehen. Anja bekam das Wohnhaus und eine beträchtliche Abfindung, er die Firma, die aber aufgrund der finanziellen Belastung damit zum wirtschaftlichen Tode verurteilt war, weshalb Nagel sie verkaufen musste – ausgerechnet sein Intimfeind Max Nagler war der Käufer – und nach Wels zog, wo er sich als

Innenarchitekt nur noch rein planerisch betätigen und nie wieder einen Lehrling einstellen wollte.

Abdul hingegen zog mit seiner Familie bei Karin ein. Die Räume bei Anja benötigte er als Praxis, und Anja war über die Miete, die er ihr gerne dafür zahlte, nicht unglücklich. Das war Abdul auch nicht, und Karin noch weniger. Die beiden hatten sich im Laufe dieser Wochen mehr als nur angefreundet und versteckten das auch keineswegs. Und Abdul war nicht nur ein guter Arzt, er hatte auch andere Qualitäten, wie Karin erfreut feststellen durfte.

*

Bei bewaffnetem Raub ist das österreichische Rechtswesen ziemlich unerbittlich und humorlos. Das ist nicht so ein Kavaliersdelikt wie politische Korruption, das ist ein sehr ernstes Verbrechen. Das musste auch Hagen Wilfried Vukovic erkennen, als ihn der Richter zu einer unbedingten Haftstrafe von fünf Jahren und sechs Monaten verdonnerte, die er in Wels absitzen würde.

Als mildernde Umstände erkannte er ihm nur – Zitat: seine ungewöhnliche Dummheit – an.

Aber Hagen würde dort in bester Gesellschaft sein, denn auch seines Vaters Wunsch nach einer bedingten Strafe erfüllte sich aufgrund der Zeugenaussage von Franz Nagel nicht. Gerfried Vukovic fasste zwei Jahre aus und musste zudem noch hinnehmen, dass mit seinem Geld auf seinem Grund eine Wohnung für eine weitere Asylwerberfamilie gebaut wurde, die dann ins zweckgewidmete Gemeindeeigentum übertragen wurde.

Die Bezirkszeitung schrieb darüber einen zynischen Artikel, indem sie aufzeigte und aufzählte, dass 2015 aus Dumpfling eine massive Landflucht in die Justizvollzugsanstalt Wels eingesetzt hatte, die, wenn es so weiterginge, in einigen Jahrzehnten zum völligen Aussterben dieses schönen Ortes führen würde, wären da nicht einige Asylwerber, die den Verlust an (leeren) Köpfen wieder ausgleichen würden. Mit einer Islamisierung der Landgemeinde sei aber trotzdem nicht zu rechnen, so hieß es weiter reichlich zynisch, und auch an einen Moscheenbau sei nicht gedacht.

Die Gemeinde protestierte offiziell bei der Zeitung gegen diese Art der Berichterstattung, worauf der Reporter einen Verweis bekam und auf Seite 39 im Kleingedruckten eine Woche darauf ein Widerruf gedruckt wurde, den aber kaum jemand zur Kenntnis nahm.

Und sogar die Hofmüller Gerti, räumte ihre Gartenzwerge wieder in den Vorgarten.

*

Gerfried Vukovic, Häftling Nummer 8433, hatte einen Zellengenossen bekommen, der zu ihm passte, wie die Faust aufs Auge. Robert Vlk, der Nazirabauke, der kürzlich den Taxifahrer krankenhausreif geschlagen hatte, war ein Kerl ganz nach seiner Gesinnung.

Zumindest bis zu Häftling Achtvierdreidreis erstem Aufenthalt in der anstaltseigenen Krankenstation.

*

Bleibt noch zu berichten, was der nunmehr nagelfreien Uschi Wagner widerfuhr, nachdem ihr Kater nach seiner Scheidung für sie irgendwie den Reiz verloren hatte. Anscheinend brauchte sie den Kick beim ... ach lassen wir das.

Ihr widerfuhr nämlich ... nichts.

Nur das Turteltäubchen wurde jetzt öfter in ihrer Gegend gesehen. Vorbei war es bei ihm mit den unreifen, zwanzigjährigen Dingern, er wurde langsam erwachsen, was mit fast sechzig auch höchste Zeit war. Vielleicht werden wir in der nächsten Geschichte mehr von ihm und der Uschi lesen, wer weiß?

Epilog

Gerhard „Sunny" Sonnbauer hatte seinen ersten Fall als Privatdetektiv erfolgreich abgeschlossen. Das konnte wohl kaum jemand bestreiten. Und weil sich das in kleinen Gemeinden wie Dumpfling, Kulmbach und sogar Ganshofen zwangsläufig schnell herumspricht, hatte er in der darauf folgenden Zeit ziemlich viele Aufträge und stellte sich einen netten, jungen Sekretär als Aushilfe ein.

Anwalt Prillinger tat seines dazu, dass Sunny stets mit neuen Aufträgen versorgt wurde. So ein Scheidungsanwalt hat immer Bedarf, respektive seine Mandantinnen oder Mandanten. Sunny traf also das typische Detektivschicksal: Neun von zehn Aufträgen betrafen untreue Ehegatten, wobei dieses Wort geschlechtsneutral zu verstehen ist, denen er die Untreue hieb- und stichfest – was für ein Wort in diesem Zusammenhang – nachzuweisen hatte. Und genau das tat er sehr erfolgreich, weshalb er nach kürzester Zeit ziemlich urlaubsreif war, wovon wir bald mehr lesen werden.

Zu seiner steten Freude versorgte ihn Emilie, also die hübsche, blonde und übereifrige Polizistin, immer wieder mit frischen Strafzetteln für sein stets falsch geparktes Auto, welche dann der Ernst wieder verschwinden ließ. Das war irgendwie zu einem Spiel zwischen den dreien geworden.

Was Sunny nicht wusste, war, dass er bald einen Auftrag von außerirdischen Maßstäben bekommen würde.

Aber bis dahin müssen wir uns noch etwas gedulden. Dieses Buch ist noch nicht geschrieben.

Impressum:

Inhalt © Dipl. Ing. Günter Leitenbauer

Email: guenter@leitenbauer.net

ISBN: 9783739200743

Herstellung und Verlag: BoD-Books on Demand, Norderstedt

Jede Adaptierung, Aufführung oder andere Verwendung, auch auszugsweise, nur mit schriftlicher Genehmigung des Autors!

MIX
Papier aus verantwortungsvollen Quellen
Paper from responsible sources
FSC® C105338